キネマの神様

ディレクターズ・カット

原田 マハ

文藝春秋

まえがき「歓び」

松竹のプロデューサー・房俊介《ふさしゅんすけ》さんから、特別なお願いがあるのですが、と連絡を受けたのは昨夏のことである。

拙著〈キネマの神様〉が映画化される、それもあの山田洋次《やまだようじ》監督によって。そんな夢のような話が現実のものとして動き出したのは、いまから三年まえだ。房さんはその立ち上がりから本件に関わり、山田監督と私の間をつなぐ架け橋にもなってくれていた。その房さんから「特別なお願い」と言われれば、それは本当に特別なことなのだろうと思われた。そして実際に特別な、というか、前代未聞のアイデアを提案された。――〈キネマの神様〉を小説化しませんか？　私は文字通り目をぱちくりさせてしまった。

小説〈キネマの神様〉を原作とした映画〈キネマの神様〉を原作とした小説〈キネマの神様〉を書きませんか？

――そういうことだった。いや、それって、どういうことなのだろう。

〈キネマの神様〉は私にとって特別に思い入れのある一作である。ギャンブル依存症で無類の映画好きだった父をモデルにし、壊れかけた家族を映画が救う奇跡の物語を書こうと思いたち、完成させた。刊行当初、父はバツが悪そうだったが、実は友人知人に「これはおれのことなんだ」と吹聴して回っていたらしい。家族に迷惑をかけ通しの父だったが、娘の私に映画の面白さを教えてくれ、いちばん好きなことを人生の真ん中に置いて生きてゆけと発破《はっぱ》をかけてくれた父でもあった。

父は五年まえに九十歳で天寿をまっとうし、天国へと旅立った。出棺のとき、私はこっそり父の胸元に一冊の文庫本を忍ばせた。永い旅路の伴として〈キネマの神様〉を連れていってほしかった。

父が他界した翌年、山田洋次監督と対談する幸運に恵まれた。山田監督は、私にとってはまさしくキネマの神様のような存在である。対談で、私は、七歳のとき父に連れられて初めて行った映画館で観た映画が〈男はつらいよ〉だった、という思い出話を披露した。山田監督は興味深そうに私の話に耳を傾けてくださった。おおらかで人情深い自身の作品そのもののような監督の人柄に触れ、感激した私は、最後の最後に、長らく胸に秘めていた夢を打ち明けようと決心した。――実は私、映画をテーマにした小説を書きました。〈キネマの神様〉といいます。もしや映画化にご興味をお持ちなんてことは……。すると監督は微笑んでこう応えた。――もう読ませてもらいました。それでね、アイデアがあるんです。もし僕があの小説を撮るなら、こんなエンディングにしたいんだ。……そして、映画化のアイデアを語り始めたのだ。

夢じゃないかと思った。夢ならさっさと醒めやがれ、とほっぺたをつねりかけた。

それから一年以上かけて企画が練られ、山田監督と、監督を長年支える朝原雄三《あさはらゆうぞう》さんが脚本を共同執筆した。その初稿をメールに添付して、文藝春秋の担当編集者が私へ送ってきた。メールには編集者のコメントが添えられていた。『脚本は原作とまったく違う内容になっています。この内容にどうお応えするかは、マハさんにお委《ゆだ》ねします』。

読み始めてすぐ、私は山田洋次映画の中の住人になった。途中、思わず笑みがこぼれたり、涙がこみ上げたりして忙しかった。一気に読んで、しまいには涙が止まらなくなってしまった。

確かに、脚本は原作から大幅に変更されていた。まったく別物といっていいくらいである。けれど、だからこそ、私は嬉しかった。原作をただなぞらえて映像化するのではなく、原作で最も重要なふたつのエッセンス、映画愛と家族愛が抽出されて深められている。その上で、監督が完璧に自分自身のものにしている。原作に対する深い読解と敬意、真の創造力がなければ決してかなわないことだ。私はすぐに房さん宛にメールを送った。

——脚本拝読。感動しました。これこそが、山田洋次監督の〈キネマの神様〉です。

二〇二〇年、誰もが想像もしなかったパンデミックが世界を覆《おお》い尽くした。

そのさなかで、さまざまな困難を乗り越え、〈キネマの神様〉の撮影は終了した。そのタイミングで、私にバトンが回ってきた。

映画〈キネマの神様〉の脚本を下敷きに、ゴウとテラシンと淑子と歩、映画を愛し続けた人々の、もうひとつの奇跡の物語を書き下ろす。正真正銘、山田洋次監督とのコラボレーションだ。その結果、誕生したのが本著〈キネマの神様　ディレクターズ・カット〉なのである。

キネマの神様の采配だろうか。いや、それとも父のいたずらかもしれない。

——人生でわからないことがあったら、映画を観ろ。答えはぜんぶ、映画の中にある。

そんな父の声が、どこからか聞こえてくる気がする。

二〇二一年　初春　蓼科にて

原田マハ

キネマの神様

ディレクターズ・カット

装丁　goen°森本千絵

二〇一九年（令和元年）十月

東京　武蔵野

1

上映が始まる十分まえ、古びた映画館の出入り口に佇《たたず》んで観客を迎え入れるのが、寺林《てらばやし》新太郎《しんたろう》の日課だった。

小さな名画座である。東京の片隅、中央線沿線の駅から徒歩五分の街角で、時の流れから取り残されたように、ぽつんとうずくまっている。

名前は「テアトル銀幕」という。もう思い出せないくらいずっと昔、いつの日か自分の好きな映画《シャシン》を選りすぐって上映する映画館を経営するのが夢で、名前だけは先に決めていた。

よく考えてみると、思った通りに夢が実現したわけで、妻も子供もいない天涯孤独の七十八歳ではあるものの、これはこれでよかったのかもしれないと、人生の終わりのほうが見えてきたこの頃は、ふとそんなことを思ったりもする。

やって来るのは馴染みの客が多い。日中は、活動的なシニアの面々が顔を出す。「よ、テラシン。元気かい?」と声をかけてくれる往年の映画愛好者たちは、ほとんどが自分と同じ年代だ。合言葉は「昔の映画はよかったなあ」。テラシン自身は、いやいや、いまの映画にだっていいものはある、という思いでいるのだが、そこは温和な彼のこと、「いやほんとにねえ」と相槌を打つ。何事であれ、抗《あらが》うよりも寄り添うほうが省エネでお得なのである。

夕方頃からは映画好きの学生や、単館系フィルムやミニシアター好きのマニアックな若者たちがやって来る。ときどき、記念撮影に応じることもある。なんでも、映画好きのブロガーの間で、テラシンは「テア銀おじさん」と呼ばれ、親しまれているんだそうだ。客の入れ込みのときに、律儀に出入り口で迎えてくれる支配人。確かにいまどきの映画館では珍しいのだろう。それを知って遠方からわざわざ訪ねてくる人もいる。すなおに嬉しい。

万年赤字の経営でも、やり続ける意味はあったと思うのはそんなときである。

テアトル銀幕の最大の特徴《ウリ》は、いまや世の趨勢《すうせい》であるデジタル上映ではなく、映写機を使ったフィルム上映を続けているところだ。

なぜまたそんな面倒なことをしているのかといえば、テラシンの本職が映写技師だからである。

彼はかつて映画会社・松竹《しょうちく》の大船《おおふな》撮影所専属の映写技師だった。

実を言えば、ヨーロッパ映画にかぶれていた十代の頃、佐藤忠男《さとうただお》や蓮實重彥《はすみしげひこ》のような文学的映画評論を書いて世に認められ、映画評論家になるという別の夢も持っていた。が、これは狙っていた国立大学を受験して落ちた瞬間にあきらめた。悔しさあまって映写技師の国家試験に挑戦してみたら、一発で合格した。大船撮影所が出した映写技師募集の新聞広告をみつけ、応募したところ、これも一発で合格した。それから映写一筋にこつこつ働いて貯蓄をし、四十歳で早期退職後、テアトル銀幕の経営者兼支配人となった。

以来約四十年、不景気とデジタル化の波に揉まれ、名画座は風前の灯火ではあるものの、こうして名画ファンに向けてドアを開け、その傍らに立ち続けている。そして自分の好きな映画《シャシン》を、自分の手でかけ続けている。

まあ、どうにかこうにか夢はかなったわけだ。やはりこれはこれでよかったに違いない。

――と、思うようにしている。

その日はいつもと違って、入れ込みの時間、出入り口にテラシンの姿がなかった。

彼は事務室のテレビにかぶり付きだった。ラグビーのワールドカップ日本大会を観戦中である。好進撃を続けている日本対南アフリカの準々決勝のゲームの真っ最中だ。

「っしゃ、よしよし、行け、行け、行け行けいけいけいけ――っ！」

日本チームは絶好のチャンスを逃してしまった。テラシンは膝を叩いた。

「あー惜しい。あとちょっとだったのに……惜しいなあ」

「支配人、そろそろ上映時間ですよ」

事務室をのぞいて、スタッフの水川《みずかわ》が声をかけた。テラシンは壁の時計を見た。上映開始まであと五分である。

「お、しまった。急がなきゃ」

あわてて席を立ち、映写室に向かう。その途中で、パートの円山淑子《まるやまよしこ》とすれ違った。

「テラシンさん、トイレの掃除済ませておきました。水川君が来たんで、今日はこれで帰ります」

「ああ、はい、お疲れさま」

階段を上りかけて、思いついたように引き返した。「淑子ちゃん、ちょっと」と呼び止める。淑子が振り向いた。白髪混じりのショートカット、薄化粧の色白の顔はやつれて皺《しわ》が目立ち、精彩がない。

「検査結果どうだった？　あんたのだんなさん」

テラシンと円山郷直《さとなお》・淑子夫婦とは旧知の仲だった。テラシンの問いに、淑子は首を横に振った。

「それがよくわからなくて。いくら聞いても『大丈夫』の一点張りで」

「大丈夫じゃないだろう。最近、背中が痛いって言ってたのが気になってるんだ。もしかすると飲み過ぎで肝臓がやられてるんじゃないかね」

淑子は沈鬱《ちんうつ》な面持ちでうつむいた。伏せた長いまつ毛は昔と変わらない。テラシンはこっそりため息をついた。

「相変わらずだな、ゴウちゃんは。今日はどうしてるんだい。昼間っから競馬か」

「今日は、シルバー人材センターの仕事で公園の清掃に出かけてるから、さすがにそれはないと思うけど……」

「支配人、あと三分で上映時間です」

出入り口でチケットをもぎっている水川が、振り向かずに言った。

「いけね、始めなくちゃ。じゃあ淑子ちゃん、来週、出水《でみず》監督の傑作特集の上映、第一弾が始まるから、ゴウちゃん連れてきてくれ。桂園子《かつらそのこ》も出演してるやつだよ」

「えっ、園子さんの？　私も観てもいい？」

「当たり前じゃないか。あんたたちのためにやるようなもんだよ、だから……」

「あと一分！」水川が叫んだ。ひゃっと飛び上がって、テラシンは階段を二段飛ばしで上がっていった。

「元気っすね」水川がびっくりしてつぶやいた。淑子は肩をすくめて、表通りへ出て行った。

その夜、家路をたどる円山歩《あゆみ》の足取りはいつになく重かった。中央線の線路沿いの道をとぼとぼ歩く。電車の窓明かりがひと続きの光の隊列となって、歩の脇を走り抜けていく。

歩は都心にある中堅出版社の雑誌編集部に勤務し、老舗映画雑誌「映友《えいゆう》」のライターをしている。勤続十五年、専属の映画ライターと言えば聞こえはいいが、契約社員で報酬はほぼ据え置きである。

年に一度契約更新の時期がくると、今度こそダメかもと前日から胃が痛くなる。

「そんな肝っ玉のちっちゃいことでどうするんだ。いままで散々貢献したんだろ？　だったらどんと構えてりゃいいんだ、逃げたところでどうにもなりゃあしないんだから」と父が言う。

「あんなこと言って……昔、お父さんだって、緊張でお腹壊して仕事を続けられなくなっちゃったことがあったのよ」と母がこっそり教えてくれる。

山っ気の塊のような父・郷直《ゴウ》と、堅実でどんなことにも一生懸命な母・淑子。どうしてこのふたりが一緒になったのかさっぱりわからない。けれどそうならなかったら自分は生まれなかったわけで、そこはすなおに感謝すべきだと思っている。

が、しかし。長年、アルコールとギャンブルに溺れて放蕩《ほうとう》を続け、賭け事やりたさに借金を繰り返してきた父に、今日ばかりは天誅《てんちゅう》を下してやろう――などと物騒なことを考える背景には、それなりの理由があった。

まさに契約更新直前のこの時期、ただでさえピリピリしている歩あてに、正体不明の男から電話がかかってきた。自宅や携帯にではない。わざわざ編集部の直通電話に、である。

アジアンホールディングスの鈴木《すずき》、と名乗るその男はヤミ金融の取り立て屋だった。あなたのお父さん、先月分の返済が遅れてましてね、と鈴木はいやったらしい声で言った。即刻お返しいただかなければお宅へ伺うことになるんで、いちおう一報入れといたほうがいいかと思いまして……。歩は受話器を叩きつけるようにして電話を切った。そうしてしまってからひやりとしたが、ちょうど編集部員たちはラグビー中継をしているテレビに釘づけで、歓声を上げている真っ最中だったので、ほっとした。

万一、借金取りが会社に押しかけてきたりしたら、間違いなく契約打ち切りになるだろう。悪寒がぞくりと背筋を走った。

父になんと言ってやろうか、今回ばかりはもう許せない、我慢の限界だと、胸のうちで責め立てながら、住宅街の片隅にようやっと立っている小屋、と言いたいようなおんぼろな一軒家の前まで来た。

ここは歩の実家である。ちなみに、裏手は墓地である。茶の間の窓を開け放つと、墓石と卒塔婆《そとば》が眺められるのが特徴《ウリ》である。

歩は二十五歳のとき大学時代から付き合っていた彼と結婚し、翌年長男の勇太《ゆうた》が生まれた。しかし勇太が小学校に上がるタイミングで離婚し、息子を連れてこの家に戻ってきた。絵に描いたような出戻りだ。以来、両親と息子、四人で狭苦しく暮らしている。

実家に子連れで戻ればいずれ手狭になってしまうし、苦労尽くしだった母にこれ以上負担をかけたくなかったので、離婚した直後、歩はなんとか息子を育てながら自立する道を探ろうと思っていた。

ところが、帰ってこい、と諭《さと》したのはゴウだった。何もお前がひとりで苦労を全部背負い込むことなんてない。おれたちを頼ればいいじゃないか。そのためにおれだって母さんだっているんだ。ゴウはそう言った。若い頃から母に迷惑ばかりかけてきた父が、そんなことを言ったのが歩には意外だった。なぜ母がこの人を選んだのか、そのときばかりはほんのちょっとだけわかった気がした。

ゴウと淑子は結婚してまもなく五十年を迎える。出会ったのは「映画の撮影所」だった

――ということだが、その頃のことをゴウも淑子も歩に教えたがらなかった。

ゴウはかつて映画の助監督をしていたのだそうだ。淑子は撮影所の近くにあった食堂の娘で、そこには伝説の監督や銀幕のスターたちが出入りしていたらしい。しかし歩が物心ついた頃には、ゴウも淑子も映画とは無縁の仕事をしていたので、両親にそんな過去があったとはまったく知らずに成長した。

ゴウと淑子は新婚当時、ゴウの郷里の岡山で実家が経営していた制服専門の縫製工場を手伝っていたが、工場が倒産してしまった。そこで五歳になった歩を連れて上京、ゴウは家庭訪問販売専門のセールスマンになった。さまざまな企業から委託を受けて、なんでも売り歩いた。百科事典、観葉植物、エレクトーン、電動自転車、ぶら下がり健康器具……口八丁が功を奏したのか、はたまた色男ぶりがウケたのか、ゴウが持っていくものはなんでもよく売れた。淑子も得意の裁縫で内職して家計を助け、どうにかこうにか頭金を作って、ちっぽけな中古住宅で墓地の背景付きではあったが、ついに念願のマイホームを持つことができた。

しかしながら、ゴウが酒と競馬と賭け麻雀が三度の食事《めし》より好きなのには、淑子はほとほと手を焼いていた。その上、憎らしいことにゴウは女性にモテた。浮気相手のところへ行ったきりしばらく帰ってこなかったこともある。それでも淑子は、ゴウが帰ってくるのを辛抱強く待っていた。

そんな母を見て育った歩は、思春期以来、父のことが疎《うと》ましかった。どんなに困らされても父を見限らない母の心情を理解できずに苦しみもした。こんな人とさっさと別れたらいいのにとも思った。いまでもときどきそう思うことがある。それでも一緒になって五十年も経ってしまったのだ。なんで？　と訊かれれば、きっと淑子は「腐れ縁よ」と笑うだけだろう。

歩が勇太とともに実家に戻ってから十二年、四人暮らしは狭苦しいばかりか経済的にも苦しかった。ゴウは自分の年金はすべて酒か賭け事に使ってしまう。後期高齢者の仲間入りをしてからは、シルバー人材センターの紹介で公園清掃の仕事を細々と続けていたが、それで得た金は「映画代だ」と言って淑子に渡したことはない。

勇太は幼い頃からコミュニケーションが苦手で、小中学生のときは登校拒否、高校受験もせず、引きこもりになってしまった。その頃の歩は母として苦悩のどん底にいた。が、そんな窮地に助け舟を出したのはまたしてもゴウだった。

頑《かたく》なだった勇太を説得して、どうにか高校の通信教育を受けさせ、ちゃんと卒業するまで面倒を見た。と言ってもレポートを手伝ったとか代わりにテストを受けてやったとかではない。ゴウは孫がやる気を失っているとき、彼をこっそり連れ出して映画館へ行った。あるいは「宿題なんかしなくったっていいから、これとこれとこれを観ろ」と自分の映画DVDコレクションからいくつか選んで手渡してやった。

「人生でわかんないことがあったら、映画を観ろ。答えはぜんぶ映画の中にある」

ゴウは勇太にそう教えた。多感な少年には祖父の大雑把さがむしろ響いたようで、ゴウにだけは自室のドアも心のドアも開いた。

歩がはらはらするのをよそ目に、勇太はちゃんと自立の道を切り拓いていった。十六歳の頃から面白半分でウェブサイトの制作をするようになり、十九歳のいまでは一家でいちばんの稼ぎ頭になった。「自分の食費と部屋代」を毎月五万円、きちんと淑子に手渡している。「人生万事塞翁《さいおう》が馬、ってやつだ」とは、ゴウの勇太評である。

家族四人、寄ると触ると言い合いになったりケンカになったりしたものだ。それでも不思議なことに、離れることなく寄り添い合って今日まで暮らしてきた。いつ壊れてもおかしくないこの家族をつなぎ止めてきたものは何だったのだろう。

それは映画だ。ゴウと淑子と歩と勇太、四人をひとつにつないできたのは映画だった——と、歩は思うことがある。

ゴウは酒と競馬と賭け麻雀が三度の食事より好きだったが、一食抜いてもこれだけは欠かせないというのが映画だった。

歩が初めて映画館で映画を観たのは、小学校一年生の夏休み、六歳のときのことである。初めての夏休みの宿題に挑んでいる最中に、「お父さんがいいところへ連れていってやる」とゴウに連れ出された。それが映画館だった。

かかっていたのは忘れもしない、〈男はつらいよ　寅次郎《とらじろう》ハイビスカスの花〉。当然「東映まんがまつり」が観られると思って大喜びだった歩は、首からお守りを下げて腹巻に雪駄ばきのおかしなおじさんが登場する映画だと知って、落胆のあまり泣き出しそうになった。「いいから観てみろ、しまいにはこのおじさんのことが好きになってるから」とゴウは自信たっぷりで、嫌がる娘をなだめたりすかしたりして、ようよう座席に落ち着かせた。

結果はゴウの言った通りだった。スクリーンに「終」の一文字が現れると、場内は熱を帯びた拍手で満たされた。歩も夢中で手を叩いていた。生まれて初めて「感動」という感覚を知った。どのくらい感動したかというと、帰り際に父にねだって売店で渥美清《あつみきよし》のポスターを買ってもらい、子供部屋の壁に貼るくらいだった。遊びに来た友だちには「何このおじさん」「あたしはたのきんトリオのポスター貼ってるよ、歩ちゃんヘンなのー」と笑われたが、ちっとも気にならなかったし、むしろ自慢だった。お父さんに映画館に連れていってもらった、子供の映画じゃなくて大人の映画を観せてもらった。それが嬉しくて仕方がなかった。

それから歩は折々にゴウに連れられて映画館へ出かけていった。ロマンス、冒険、サスペンス、ホラー、何でも観た。ちょっと際どいシーンがある映画でも、ゴウは平気で娘を同伴した。少女の歩は胸をドキドキさせたものだが、大人になってから、ああいうのがよかったんだとつくづく思う。清濁《せいだく》あるのが人生で、ままならないのが人間だ。それを抽出して見せてくれるのが映画なのだから。

ふたりが映画館へ出かけていくのを、淑子はいつも笑顔で送り出してくれた。なぜ一緒に行かなかったのか、ついぞ尋ねることはなかったが、これも大人になってから理解した。自分が行けば大人の入場料が倍かかる。だから母は出かけなかったのだ。

十代になった歩は、その年頃の娘に顕著な通りで父から遠ざかるようになり、ひとりで映画館に行くようになった。ゴウも娘の年頃を理解したのか、もう歩を誘わなくなった。それでも歩は、望外に面白い映画を観たあとなどは、誰かと共有したくなり、「〈愛人《ラマン》〉よかったよ」と父に声をかけることがあった。「ジャン＝ジャック・アノーか。〈薔薇の名前〉のほうがおれはよかったな」などと、すらりと返してくる。どれだけ映画を観てるんだろうお父さん、と内心舌を巻くこともよくあった。

「お父さん、セールスやめて映画の仕事したら？　そのほうがずっと向いてると思う」

父に更生してもらいたくて、そんなふうに言ったこともある。その頃、家庭訪問のセールスが下火になり、ゴウの収入が激減していた。にもかかわらず、ゴウは酒とギャンブルをやめず、映画館通いも続けていた。歩は、この父を変えるには映画の力しかないんじゃないかと、ふと思ったのである。

そのときだった。ゴウが初めて自分の過去を歩に語ったのは。

「おれは、昔、松竹の撮影所で助監督をしてたんだ。自作の映画を撮るつもりだったけど、取り返しのつかない失敗をしちまってな。だから、もう二度と戻れないよ」

そして、母さんともその撮影所で出会ったんだ、と言い添えた。歩はまったく信じなかった。

「やだあ、まさか。ウソでしょう？　松竹の撮影所って、あの『寅さん』撮ってたとこで？ウソだあ、信じられないよ」

あんまり歩が面白がるので、ゴウはヘソを曲げてしまった。「ああウソだよ、うそウソ、うそっぱちだ」と言い放って、それっきり、昔の話をしなくなった。

あとからこっそり淑子に聞いてみると、「ほんとよ」と言う。自分は撮影所のそばにあった食堂の娘で、撮影所に出入りしていたんだと。母もそれっきりで、多くは語らなかった。

さすがにバツが悪く、歩は二度とゴウに助監督時代の話を聞けなくなってしまった。

あの父が、松竹の監督たち——往年の名匠・小田《おだ》安三郎《やすさぶろう》監督や、次々にヒット作を生み出した出水宏《でみずひろし》監督と一緒に映画をつくっていたなんて。その事実は若い歩の心に小さな灯火をもたらした。それに照らされるようにして、彼女は映画好きの心をまっすぐに育てていった。

歩は映画評論を学べる大学に進学した。学生時代からアルバイトをしていた出版社での就職を望んだがかなわず、一般企業に就職してから結婚し、出産を機に退職した。子育て中も映画を観続け、契約社員ではあるものの、映画ライターとして「映友」に再就職を果たしたときは、「夢がかなった」と感無量だった。その後まもなく離婚の憂《う》き目にあってしまったが、どうにかこうにかライター業は今日まで続けられている。

映画が、いつだって家族を結びつけてくれた。何度壊れそうになっても、何度でも。それだけは確かだと思う。

けれど、今度ばかりは限界かもしれない——。

家へ帰り着いた歩は、どんよりとうつむいたまま、バッグを探って鍵を取り出した。と、その瞬間。

「円山歩さん?」

はっとして振り向くと、見知らぬ男が立っている。一見普通のサラリーマンの風情だが、取り立て屋だ、と直感した。

「いえ違います」と歩は即座に返した。「どちらさまですか」

「円山さんでしょ？　いま鍵出して開けようとしたじゃないですか」男は一歩前に踏み出して言った。

「あんたのお父さんね、うちに多額の借金してるの。なのに返してくれないんですよ。連絡しても逃げ回っちゃってね。いくらでもいいから今日返してくれないと、私も立場がないんでねえ」

歩は無言でドアを開けると、すばやく体を滑り込ませた。——と、男がドアの隙間に足先を突っ込んできた。歩は全力でドアを閉めにかかった。「あたっ、いたたた、痛い痛い痛い！」足を挟まれた男が悲痛な叫び声を上げた。

「乱暴だなあんた！　足折れたらあんたに損害賠償請求するぞ！」ドアをこじ開けて男が言った。

「警察を呼びますよ！」歩が言い返すと、

「貸金は民事だから警察は介入できないんだよ。世間知らずだね」憎たらしいことを言う。

「とにかくお父さんに会わせてよ、いるんだろ？　……で、あの人、あんたのお母さん？」

騒ぎに気がついた淑子が出てきて、廊下に呆然と立ち尽くしている。歩はバッグから財布を取り出すと千円札を数枚つかんで、男に向かって突き出した。

「これしかないです！　これで帰ってください！」

男は歩の手から千円札をもぎ取って数えた。

「六千円ね。まあ、しょうがない」

ちっと舌打ちをして、ポケットからメモ用紙のようなものを取り出すと「¥6,000」とボールペンで書いた。

「これ領収書ね。お父さんにちゃんと言っといて。また近々来るから」

バタン、と派手な音を立ててドアを閉め、去っていった。歩は全身でため息をついた。

「ごめんね、歩……」

淑子の消え入りそうな声を背中で聞きながら、歩は台所で力任せに手を洗った。

「なんでお母さんがあやまるのよ」振り向かずに言うと、

「だって、いつもあんたにお父さんの借金かぶらせて……」

申し訳なさそうな答えが返ってきた。歩はもう一度大きなため息をついて、振り向いた。

「ねえ、お母さん。あれ、五年まえだよね。私が定期で貯めてきた勇太の学資預金、解約して、溜まりに溜まったお父さんの借金を全額返済して……。あのとき、お父さんなんて言った？　もうこの先絶対借金はしない、心を入れ替える、許してくれっておいおい泣いちゃって……何あれ、芝居だったわけ？　たいした演技力だよね」

　淑子は目を伏せて黙りこくっている。いつもそうだ。こんなとき、母はただ黙って娘の怒りが通り過ぎるのを辛抱強く待っているのだ。

「さっきのヤツかどうか知らないけど、今日、うちの編集部に電話がきたのよ。お父さんの借金、返済が遅れてます。即刻返してもらえないなら家に押しかけますって……いやったらしい声で。部員には気づかれなかったけど、もし知られたら、私、もう契約延長してもらえなくなるよ。ほんと、目の前が真っ暗になったわ」

　冷蔵庫からビールを取り出して、プシュッと開けた。やはり淑子は黙ったままだ。歩は喉を鳴らしてビールを流し込んだ。くやしいことに酒が強いのは父親譲りである。

「お父さんは？　いるんでしょ？」

「いま、お風呂に入ってるとこ」ようやく淑子が口を開いた。

「まあ、いいご身分ですこと。ここは貴族の館ですか？」

　歩が毒づいたそのとき、ほかほかのゴウがのれんをくぐって茶の間に入ってきた。ふさふさの白髪頭に白いアゴひげ、くっきりした目鼻立ち、背筋もしゃんと伸びている。七十八歳になったいまもイケ爺なのが憎たらしいところである。どさりと勢いよくソファに座ると、上気した顔で「はーあ、生き返った生き返った」とご満悦である。

「おい母さん、ビール」とゴウ。

「はい」と淑子。すぐに冷蔵庫を開けようとする。

「お母さん！『はい』じゃない！」と歩。

「何だ、何怒ってるんだよ？」

きょとんとするゴウに向かって、歩は気炎を吐いた。

「ちょっとお父さん、ヤミ金融には二度と手を出さないって約束だったでしょ？ さっきヘンな男が家の前で張ってて、玄関先まで入ってきたのよ。お父さんに会わせろ、金返せって」

「それで、歩が自分のお財布から払ってくれたのよ」

淑子がようやくフォローに入った。ゴウはぽりぽりと鼻の頭を掻いた。

「あ、そう。そりゃ、悪かったな。今度大穴が来たら返すから、それまで貸しといてくれ」

「大穴って……またそんなこと言ってるの？ もう、夢みたいなこと言うのはやめてよ！」

歩がかみついた。が、ゴウはけろりとして、

「おい母さん、腹減った。めし」

「はい」とまた淑子が答えた。完全に条件反射になっている。

「いいかげんにして！」歩は怒りを爆発させた。

「今月の年金もらったばっかりでしょ。たまには食費払ったらどうなの？　勇太だって払ってるんだよ？　恥ずかしくないの？」

「と言われてもなあ……あいにく、いま持ち合わせがないんで」ゴウがすかさず言った。

「この家はカード使えますかね？」

「あいにくカードはお取り扱いしておりませんので……」淑子が受ける。

「って夫婦漫才じゃないんだから！」歩がツッコんだ。

がらっと隣室の引き戸が開いて、勇太が入ってきた。ひょろりとした体型、ぼさぼさの髪、小顔にぶ厚いメガネをかけている。どこを見ているかわからない表情はいつものことだが、ああ見えて頭の中は光ファイバーが走ってインターネットが張り巡らされてスマホがフル充電しているらしいと、いつぞやゴウがしたり顔でわけのわからない持ち上げ方をしていた。勇太は三人のあいだを横切って炊飯ジャーの載っているテーブルへと吸い寄せられていき、自分の茶碗にほかほかのご飯をよそっている。

「勇太、お前の母さんとばあちゃんはおれを餓死させる気だぞ」ゴウが声をかけると、

「人間は一日くらい何も食べなくたって死にません」さらりと受け応えする。

「おばあちゃん、僕、部屋で食べますね」

「はい」と淑子。孫にも条件反射だ。

勇太は盆にご飯と焼き魚を載せてしずしずと去っていく。その後についていこうとするゴウを歩がとっつかまえた。

「お父さん。いまいったいいくら借金あるの。白状して」

「うるさいなあお前は、ガミガミと……母さんと真逆だな、いったい誰に似たんだ」

「そんなことはどうでもいいでしょ！　正直に全部吐きなさい！　そしたら楽になるから！」

「ってお前は刑事か！」今度はゴウがツッコんだ。

「吐かせたいならカツ丼持ってこい！」

大股で勇太の部屋へ入っていく。ピシャリと思い切り引き戸を閉めた弾みで、壁のカレンダーがばたりと落ちた。

「まったくもう……お母さんがちゃんとしないからこうなっちゃうのよ」

苦々しい顔で歩が文句を言った。ごめんね、と淑子がまたあやまった。

「画びょうじゃなくて、ちゃんとフックでつけとくから」

そう言いながら、よっこらしょとカレンダーを拾い上げた。かと思ったら床に両膝を突いて、這いつくばって画びょうを探し始めた。

そんな母の様子を眺めて、歩はこらえ切れずに笑い出した。

勇太の部屋の四方の壁は、精巧な電車の模型がずらりと並べられた陳列棚で囲まれていた。机の横の本棚には映画評論の本や映画雑誌が寸分の隙もなく詰め込まれている。すべて歩の学生時代の蔵書である。

勇太はパソコンデスクで夕飯を食べ始めた。両手に一本ずつ箸を持ち、外科手術でもするかのように焼き魚の身をほぐしている。「なんだお前、その食べ方は？」ゴウがのぞき込んで言った。

「最近の若いもんは箸も使えないのか。そんなことじゃ日本沈没だ」

「日本滅亡でしょ」勇太が正すと、

「小《こ》松《まつ》左京《さきょう》原作、橋本《はしもと》忍《しのぶ》脚本、森谷司《もりたにし》郎《ろう》監督、〈日本沈没〉だ」重ねてゴウが言った。孫のツッコミはまったく聞いていない。

「おじいちゃん、ほんとに映画詳しいんですね」勇太が手を止めて言った。

「まあな。おれは昔、松竹っていう映画会社の撮影所で働いてたんだ」

孫を相手に、ゴウはまんざらでもなさそうである。

「その頃も清掃員ですか」

「馬鹿！　助監督だよ、助監督」

「助監督って？　アシスタント・ディレクターのこと？」

「違う、違う。全然違う」ゴウは大げさに首を横に振って見せた。

「助監督ってのはな。監督にシャシンを撮りたいように撮らせるために、いろんなことをいろいろ準備して、根回しして、整えて、駆けずり回って、現場を統率して、大勢のスタッフを一致団結させて、役者をその気にさせて……」

「つまり監督の女房役ですね」ひと言で勇太がまとめた。

「そう。それ。女房役」ゴウがパチンと指を鳴らした。「お前、若いのによくそんな言葉知ってんな」

ゴウが助監督を務めていたのは五十年以上もまえのことになる。鎌倉にほど近い大船で、松竹が独自の大撮影所を運営していた。ゴウはその撮影所の演出部所属の助監督で、松竹映画の正社員だった。

いまとなってはお伽話《とぎばなし》のように聞こえるが、監督や助監督、照明や音声、映写技師、大道具小道具、俳優に至るまで、全員が映画会社の社員だった時代である。社員寮があり、食堂があり、分厚い食券の束が配布されて、たった八十円でお腹いっぱい食事ができた。ここにいる限り食いっぱぐれることはない、それがどんなに安堵感をもたらしたことか。

四歳のときに満洲で終戦を迎え、両親に連れられて引き揚げ船で帰国、戦後しばらくはひもじい思いに苦しめられたゴウには、助監督とは骨身に滲《し》みてありがたい仕事だった。

もとより、監督になりたくて入所したわけではない。映画にかかわる仕事だったらなんだってやりたいと思っていたのだ。

十代の頃、映画が唯一の娯楽だった。郷里の岡山では二本立ては当たり前、三本立て、四本立てで観せる劇場《こや》もあった。十一歳のゴウは〈風と共に去りぬ〉にうっとりし、〈真昼の決闘〉で手に汗握り、〈生きる〉にはわけもわからず涙が溢《あふ》れた。

映画の会社で働きたい、守衛でも清掃でも賄《まかな》いでもなんでもいい。そんな思いを胸に抱いて、地元の高校を出たあと、とにかく上京した。映画会社にコネがあるわけではなかったが、自分好みの映画を次々に世に送り出していた松竹に狙いを定めて、人事部長に宛てて手紙を書いた。撮影所で皆さまのお役に立ちたい、可能であれば出水宏監督か小田安三郎監督の付き人になりたい、出水監督と小田監督の作品はすべて観ている、あっぱれ彼らは日本の宝です云々《うんぬん》と、渾身《こんしん》かつ暑苦しい手紙を送ってみた。

程なくして返信が届けられた。『一度大船の撮影所に遊びにいらっしゃい。出水宏』――なんと監督本人からの手紙だった。その後はトントン拍子で入所が決まり、念願かなって出水組に参加、出水監督の女房役を八年近く務めたのだった。

「へえ、すごいなあ。撮影所って、どんなところでしたか」

ゴウの昔語りにすっかり感心して、勇太が尋ねた。ゴウは遠い目になって、

「そうだなあ……ひと言で言うと、豊かな場所だったな。とにかく腹いっぱい、めしが食えたしな……」

「おじいちゃん。ご飯食べます？」勇太が箸を差し出した。

「おっ。そうか、悪いな。じゃ、遠慮なく」

奪うようにして箸を手に取ると、器用に焼き魚をほぐして口に運んだ。

「お前はいいのか、食べなくても」もぐもぐしながらゴウが訊くと、

「人間は一食くらい食べなくたって死にません」

しれっと答えが返ってきた。

2

中央線の線路をまたぐ歩道橋に、赤々と夕日が射している。

沈鬱な面持ちの歩が階段を上ってくる。上り切ったところで足を止め、振り返る。手すりにすがるようにしながら、淑子がようよう娘に追いついた。

ふたりはどちらからともなく錆《さ》びついた欄干《らんかん》に体を預けて、足下を通過する特急の背を眺めていた。

「多重債務者家族の会」の帰り道である。ギャンブル依存症に陥《おちい》って多重債務者となった親きょうだいや伴侶や子供をもつ家族が合同でカウンセリングを受ける集まりがあると、歩がネットを検索していてみつけたのだ。父再生の道を見出したい一心で、母を伴って参加した。が、結果は厳しいものだった。

ギャンブル依存症は一種の精神疾患であり、容易には治らない。ギャンブルをするために借金を重ねる人は、同時に家族にも依存している。自分がどんなに借金を重ねても、家族がなんとかしてくれるとわかっているからだ。「この会に参加されているみなさんは、当事者から依存される関係を断ち切らなければなりません。借金は家族が返すべきではない。

当事者が返さなければ、永遠に悪循環から抜け出せません」と、会の主催者は説明した。そして、ホワイトボードに書かれた「家族――当事者」の文字の上に、大きな「×」をマーカーで付けた。

「ねえお母さん。どうしてお父さんと離婚しなかったの？」

遠ざかっていく特急を見送って、歩が尋ねた。

「思ったわよ、何度も」淑子が答えた。

「離婚届を突きつけたことだってあったのよ。そしたらお父さん、うん、いいよって、その場でハンコをついて……」

「でも、市役所に持っていけなかったんだ？」

淑子はこくんとうなずいた。すなおな様子が童女のようで、一瞬微笑を誘ったが、いやいやここは気持ちを引き締めなくちゃ、と歩は難しい顔を作った。

「この人が明日からひとりっきりで、借金背負ってしょんぼり生きていくのか、って思うと、何だかかわいそうでね……」

「何だかんだ言って、お母さんは結局お父さんが好きなんでしょ」

つっぱねるように歩が言うと、「そんなこと……」と淑子は言いかけて、否定はしなかった。歩はため息をついた。

「いまさら訊いても仕方ないことだし、これだけは言うまいと思ってたけど……お母さん、どうしてお父さんと結婚したの？」

逆のことを訊いてみた。父があああなってしまった原因は、結婚まえに何かあったからじゃないだろうか。考えたくはないが、若き日の母がその元凶になっていたとしたら……。

「詳しく教えてもらったことはないけど、お母さんたち、松竹の撮影所で出会ったんでしょう？　お父さんに言い寄られたの？　だまされたの？　あの人、口八丁手八丁だしけっこうモテただろうから、まんまと引っかかっちゃったんじゃないの？」

「そんな、違うわよ」今度はすぐに否定した。

「お父さんはね、自作の映画を撮ろうとして、現場の事故で大けがしちゃって……みんなに迷惑かけたから故郷に帰りますって、辞めてしまったのよ。一本の映画も撮ることなく……。私のほうがあの人を追いかけていったの。周囲の反対を振り切って」

えっ、と歩は驚いて淑子を見た。

「てことは……駆け落ち？」

「そうなるのかしら……」視線を落として淑子がつぶやいた。

「そんなに好きだったのね……」呆れ半分、あっぱれ半分で言うと、

「いやだ、やめてちょうだいよ」淑子は頬を染めている。

なぜ母がそこまで父に惚れ込んだのか、歩には不思議でならなかった。まあ確かに若い時分は相当な色男《イケメン》ではあっただろう。どのくらい色男だったかと言うと、三、四十代の頃は遠目に見ると沢田研二《さわだけんじ》に似ていると思えなくもないくらいだった。角度によっては志村《しむら》けんに見えることもあったが。にしても、アルコール中毒とギャンブル狂と多重債務を相殺《そうさい》するほどの色男だったかというと、さすがにそれはないと思う。

ちょっと別の側面からつついてみようと、歩は転調した。

「ね、お母さんはさ、撮影所のアイドルだったんでしょ？　私、教えてもらったんだよ。『テアトル銀幕』のテラシンさんに」

淑子がパート勤務している隣町の名画座「テアトル銀幕」には、ゴウも歩も長年通っている。

墓場景観《ビュー》付き・「ワケあり」中古住宅を円山家が格安で購入したのは、約三十年まえのことだ。当時、ゴウはまだセールスマンとしてそれなりの収入を得ていたが、すでにギャンブル仲間に借金を重ねていて、必要最低限の金しか家計に入れていなかった。格安とはいえ家のローンと歩の学資を工面しなければならず、淑子は裁縫の内職を続けながら、クリーニング店の受付と食堂の配膳のアルバイトを掛け持ちしていた。さらにもうひとつパートを増やして、歩の進学資金の足しにしたいと思っていたところ、地域新聞のパート募集欄に覚えのある名画座の名前をみつけて、もしやと思って面接に出かけてみると、旧知の映写技師・寺林新太郎が経営する映画館だった。

ゴウと同様、テラシンも松竹の大船撮影所の映写部に所属していた技師だった。もちろんゴウとも淑子とも交流があったが、ふたりの「駆け落ち」を境に、それっきり十数年、会うことはなかった。

若き日のテラシンは、淑子に自分の将来の夢を語って聞かせたことがあった。——自分の好きなシャシンを自分で映写する、そんな名画座を経営したい。名前は「テアトル銀幕」って決めているんだ、と。

すっかり中年になった淑子とテラシンは、思いがけない再会を喜び合ったが、もっと喜んだのはゴウだった。

淑子はパート勤務を決めて帰ってきてすぐ、テラシンさんの名画座が隣町にあるのよ、とゴウに教えた。ゴウはすぐさますっ飛んでいった。ふたりはどれほど再会を喜んだことだろう。お父さんと「テアトル銀幕」のオーナーのテラシンさんは、昔撮影所で親友同士だったのよと、やがて「テア銀」通いをするようになった歩は母から聞かされた。

テラシンには家族がいなかった。だからなのか、いつも歩に心をかけてくれ、勇太が生まれてからは、ときどき連れていけば孫が来たかのように可愛がってくれた。引きこもりになってしまった勇太をゴウが連れ出す先は、決まって「テア銀」だった。

歩は、ゴウに話せないことでもテラシンには相談できた。父を憎らしく思うときには、テラシンさんがお父さんだったらな、などと思うこともあった。もちろん、口に出して言うことはなかったが。

テラシンはゴウと同じく、撮影所時代の話を歩にすることはほとんどなかった。ふたりとも撮影所にいい思い出がないのだろうか、と想像したりもした。が、テラシンはもともと早期退職して名画座を経営したいと夢描いていたということだから、その夢がかなった彼は、ある意味人生の成功者と言える。温厚で、実直で、賭け事も酒もやらない。女性にモテない、とこれは本人談である。ゴウとは真逆のキャラクターで、真逆の人生を歩んできた人だ。

そのテラシンが、あるときふと歩に漏らしたことがある。――君のお母さんは撮影所のアイドルだったんだよ。可愛くってなあ。みんな淑子ちゃんが大好きだった。結局、ゴウちゃんがさらっていってしまったんだけどね……。

「テラシンさんが、そんなこと言ってたの？　いやだわ、もう」

淑子は本格的に顔を赤くした。歩は肩をすくめた。

「そ。だから私は、お父さんが一方的にお母さんを岡山へ連れてっちゃったのかなと思ってたわけ。でも、その逆だったのね」

上りの普通列車が足下を通り過ぎていく。その背に目線を投げながら、母の本音を知りたくて、歩は訊いてみた。

「お母さん、後悔してるんじゃないの？　こんなことになっちゃって」

淑子は静かに首を横にふった。

「してないわよ。だって、お父さんと一緒になったおかげで、あなたが生まれてきてくれて、勇太も生まれてきてくれたんだもの。じゃなかったら、こうしてふたりで並んで電車眺めている、この瞬間はなかったじゃないの」

この母の言葉を父に聞かせたい。歩は心底そう思った。

「ね、お母さん。しんどいけど、やっぱり今日、お父さんにちゃんと言おうよ。家族の会で先生が指摘してた通り、お母さんと私がお父さんの尻拭いをし続ける限り、お父さんのギャンブル依存症も借金癖も治らないんだよ。結局、お父さんがあんなふうになっちゃったのは、お母さんと私にも原因があるってことよ。くやしいけど」

淑子は口をつぐんでうつむいた。こうして母は家庭内を吹き荒れる嵐にいくたび耐え忍んできたのだろうか。

——とにかく、今日中に父に申し渡さなければ。母と自分の決断を。

歩は自分に強く言い聞かせた。

茶の間のソファに寝そべって、ゴウがひとしきり大笑いしている。テーブルにはビールと酎ハイの空き缶が失敗したドミノ倒しのように散乱している。テレビのバラエティ番組を見ながら、ひとり晩酌の真っ最中だ。

そこへ歩がつかつかと入っていった。テーブルの上のリモコンチャンネルを取り上げると、無言で画面を消した。

「ちょ、おい。観てるんだぞ?」

ゴウが起き上がってチャンネルを取り戻そうとした。ところがテレビの前に、歩と淑子が固い表情で立ちふさがっている。

「何だよ。ふたりとも怖い顔して」

ゴウの目の前に歩が正座した。そして右手をすっと差し出した。

「お父さんの年金とシルバーの清掃の給料が振り込まれる口座のキャッシュカード、私に預けて」

「何だ、藪《やぶ》から棒に。ほら、チャンネル貸せよ」

「カード」

「チャンネル」

「カード！」歩が怒鳴りつけた。ゴウは反射的に首をすっこめた。淑子があわててゴウのとなりに腰かけた。

「あのね、お父さん。お父さんの借金は、もう私も歩も肩代わりしないって決めたの。お父さんが自分で返すのよ。そのためにキャッシュカード、歩に預けて管理してもらって。自分の口座から毎月きちんと返済していけばいいんだから」

ゴウは目を瞬《しばた》かせた。何を言われているのか、さっぱり理解できないようだ。

「お前ら……頭は確かか？」

「お父さんのアルコール漬けの頭よりは、はるかに確かだと思うけど」歩は怒気を含んだ声で言い返した。

「何だと！」ゴウが声を荒らげた。

「やめてちょうだい、娘に向かって！」淑子が声を振り絞った。ゴウはびくりとして、浮かした腰をソファに戻した。歩は意を決したように、ゴウに向かって言った。

「お父さん、これが最後のチャンスだよ。もしお父さんが自分で借金を返さないつもりなら、私もお母さんも、もうこれ以上お父さんと一緒にはいられない。そうしたら私たち、ここを出ていくから」

ゴウは目を剝《む》いて歩を見た。

「どういうことだ？　おれに、母さんと別れろっていうのか？」

「そうよ」つっけんどんに歩が返事をした。ゴウは傍らの淑子の細い肩をひっつかんで、耳元で思い切り叫んだ。

「おい淑子！　お前、娘にあんなこと言われて黙ってるのか⁉」

淑子は口を真一文字に結んで、きっとゴウをにらみつけた。

「お父さん、私、今度ばかりは歩の言う通りにしようと思うの。歩は何もお父さんが憎くて言ってるわけじゃないのよ。お父さんに立ち直ってほしいって、一生懸命なのよ。それができないって言うんなら、私、歩と勇太と一緒に出ていきます」

ゴウは呆然とした。歩はともかく、淑子にそんなふうに言われたのは初めてのことだった。抜け殻のようにふらふらと立ち上がると、どうにか言葉を押し出した。

「お前たちは、このおれから競馬を……麻雀を取り上げようっていうのか？　ギャンブルはおれの生きがいなんだぞ？　それをなくして、おれはこの先、どうやって生き延びていったらいいんだよ……」

いまにもくずおれそうな父の姿をみつめて、歩は言った。きっぱりと。

「映画があるじゃない」

ゴウは、はっとしたように顔を上げて歩を見た。

「――映画？」

「そう、映画」

そこで初めて、歩はにこっと笑顔になった。淑子も立ち上がって、ヨレたチェックのシャツの袖にすがって言った。

「覚えてるでしょ。あなたは昔、活動屋だったとき、いつも言ってたじゃないの。映画には、フィルムには、神様が宿ってるんだって。その神様に助けてもらうのよ」

「年金とシルバーの給料は借金の返済に充てて、その代わり、テアトル銀幕友の会の会費だとか、ケーブルテレビの映画チャンネルの使用料だとか、ＤＶＤのレンタル料だとか、そういうのは全部私が払うから。大好きな映画を観て、私たちに教えてよ。いまどんな映画がかかってるか、何が面白かったか。お父さんイチ推しの映画をみんなで一緒に観に行ってもいいし。そういう暮らしを送って、ギャンブルもお酒も断ち切るの。これ、お母さんと私で一生懸命考えた『お父さん再生プラン』なのよ。ねえ、やってみない？　お願いだから……」

「ええ、やかましいッ！」

ゴウが怒声を張り上げた。歩と淑子は文字通りドン引きした。

「お前ら鬼か？　こんな、博打《ばくち》以外になんの楽しみも未来もない老人から、年金を巻き上げるだなんて……」

　ふらふらとのれんをくぐって出ていこうとした。そうはさせじと歩がシャツの裾をわしづかみにした。

「ちょっと！　キャッシュカード置いていきなさいよ！」

「うるさいッ。おれの金をどう使おうと……」

　振り向きざまに淑子と目が合った。涙がいっぱいに浮かんでいる。ゴウはズボンの尻ポケットから財布を取り出すと、キャッシュカードを引き抜いてテーブルの上に叩きつけた。そのまま肩を怒らせて玄関に向かった。

「どこ行くの？」淑子の声が追いかけてくる。

「映画しかねえだろ！」

　バタン！　と乱暴に玄関のドアが閉まる音が響いた。ざあっと流水音がそれに重なり、トイレのドアがバタンと開いた。

「こんな時間に行っても映画は終わってます」

　ズボンをずり上げながら、勇太が茶の間を横切っていった。

一日のすべての上演が終了し、映写室ののぞき窓から階下のがらんとした客席を眺める。充足感のあふれるこの瞬間、テラシンは小さな幸福を感じる。

大型リールにフィルムを巻き取っていく。モーターがかすかにうなりを上げ、リワインダーを走るフィルムがカラカラカラと乾いた音を響かせている。大きなリールを、よいしょっ、と持ち上げる。明日から上映が始まるフィルムを前夜のうちにチェックしてから帰るのが、テラシンの流儀である。

「お疲れ様です」スタッフの水川が顔をのぞかせた。

「支配人、お友だちのゴウさん、来てますよ」

「え？　こんな時間に……」

ロビーへ下りていくと、ゴウは年季の入った赤いビニールソファにふんぞり返っている。心ここにあらず、といった表情だ。

「おう、ゴウちゃん。どうした？」

ゴウは焦点の定まらない目でテラシンを見ると、片手を差し出した。テラシンはにこっと笑顔になると、その手を握って上下に振った。「じゃなくて金貸してくれ」醒《さ》めた調子でゴウが言った。

「しかしね、ゴウちゃん。お前さんに金は絶対貸してくれるなって、淑子ちゃんに言われてるからな。酒も飲ませるなって。……すまんね」

テラシンはやんわり断った。ゴウはふん、と鼻を鳴らした。

「どいつもこいつも、おれをろくでなし扱いしやがって……」

つと立ち上がると、テラシンは背後の壁を指差して、「ゴウちゃん。映画観ていかないか」と言った。壁には、色褪《あ》せた雰囲気をそのまま再現した昭和の映画・復刻版ポスターが貼ってある。

「明日から始まるんだ、出水監督の〈花筏《はないかだ》〉。主演、桂園子。……そうだゴウちゃん、お前さん、このシャシンの助監督やってたじゃないか」

ゴウは振り向くと、自分の肩越しにポスターを見た。その目にかすかな輝きが浮かんだ。

テラシンは、新しいいたずらを思いついた少年のように、弾んだ声で言った。

「ちょうどいま準備してたところだよ。よし、特別にお前さんのためだけにかけてやる。中に入って待っててくれ」

テラシンは映写室へ駆け戻った。

ややあって、のぞき窓から客席を見ると、ゴウはいつもの特等席、客席中央列のど真ん中のシートに陣取っている。ちょうど缶ビールのプルトップを開けるところだ。さては売店の冷蔵庫から抜き取ったな、と気がついたが、せっかくの特別上映会だ、不問としよう。

「ゴウちゃん、始めるぞ」

スピーカーからテラシンの声が響いた。ゴウは振り向かずに、右手を軽く上げて合図した。そういう仕草は撮影所時代と変わらない。

カタカタと音を立てて映写機が回り出した。スイッチを入れると、フィルムを通したクセノンランプの光がスクリーンに放射され、タイトルの音楽が流れ始める。

〈花　筏〉

タイトルが大写しになり、「出演」の文字。キャストの俳優の名前が現れる。トップバッターは、銀幕の大女優・桂園子である。

園子は松竹が誇る人気女優だった。完璧に整った目鼻立ち、憂《うれ》いを含んだ大きな瞳、つややかな黒髪、百合の花のような立ち姿……松竹お抱えの監督たち、出水宏や小田安三郎の作品の多くに出演し、四十歳を境に映画界を引退した。さまざまな憶測が飛び交った。出水監督の愛人になったとか、出水と小田が取り合って喧嘩《けんか》になったのを引責したとか、あることないこと、ゴシップにされて騒ぎ立てられた。けれど園子は凜《りん》として世間から姿を消した。そして五年前、誰にも見取られずにひっそりと八十年の生涯を閉じたのだった。

モノクロームのスクリーンの中に現れた若き日の園子を、ゴウは瞬きするのも忘れてみつめた。潤《うる》んできらめく瞳。園子の姿に重なって、ゴウの胸中に撮影所での日々がなつかしく蘇った。

覚えている。いま観ているフィルムのカット、そのひとつひとつ。園子の動き、カチンコの音、監督の「ハイ」の声。たったいま「カット！」がかかったかのように、ぜんぶ、覚えている。

場内のドアが音もなく開いて、テラシンが入ってきた。ゴウの斜め後ろに着席する。そのまま吸い込まれるようにして、スクリーンに見入っている。ふと、ゴウが振り向いてささやいた。

「おい、テラシン。まもなく園子さんのアップになる。ぐーっとキャメラが彼女の顔に寄っていく。その瞳に注意して見てみろ。……おれが映ってるから」

テラシンはきょとんとした。

「瞳に、お前さんが？　そんな馬鹿な」

「いいから見ててくれ。誰も気づかなかったんだけど、おれははっきり見たんだよ。封切りのときに、映画館で。――おれがキャメラの横でカチンコを持ってるんだ」

テラシンは身を乗り出した。そして、息を詰めてその瞬間を待った。

スクリーンの中で、園子が振り向いた。星の輝きを宿した瞳。引き寄せられるようにして、カメラが近づく。園子のバストショットが大写しになる。

――あ……。

テラシンは確かに見た。園子の瞳にうっすらと映る、カメラの横で、カチンコを手にした青年――。

園子の瞳の中に、35ミリのフィルムに、永遠に焼きつけられたその姿。若き日のゴウだった。

一九六九年（昭和四十四年）五月

鎌倉　大船

3

世界でいちばん居心地のいい場所。二十八歳のテラシンにとって、それは撮影所の映写室だった。

窮屈《きゅうくつ》な部屋である。三、四人も入ればぎゅうぎゅうになるくらいの狭さだ。薄暗く、埃《ほこり》っぽくて、タバコ臭い。窓は会場を見下ろす小さな映写窓がひとつあるだけだ。それでも、テラシンにとっては、ここで寝泊りしたっていいくらい、いつまでも居続けたい場所だった。

テラシンが勤務しているのは、松竹映画・大船撮影所である。

もともとは蒲田《かまた》の撮影所で映画制作をしていた松竹が、大船に広大な撮影所を開いたのは一九三六年のことである。まだまだ無声映画が主流だった当時、まもなくトーキーの時代が来ると予見してのことだ。蒲田には町工場がひしめきあい、その騒音がひっきりなしだった。すぐ近くにはディーゼルエンジンを製造する鉄工所があり、ドッカンドッカンと轟音《ごうおん》が響き渡っていた。トーキー映画のＢＧＭがドッカンドッカンではいただけない、ということで、風光明媚な鎌倉の地、大船に白羽の矢が立ったというわけだ。

敷地面積三万坪、コンクリート造りの建物が居並び、事務所、現像場、録音室、試写室、食堂、浴室、倉庫、工作場などなどが入っていた。同時に八組の撮影が可能で、監督、役者を含め、千人以上の人々がせわしなく動き回っていた。ちょっとした町の様相である。

映写室で待機中のテラシンは、裸電球の真下に香盤表《こうばん》をさらして凝視していた。目下、出水宏監督の〈花筏〉撮影進行中である。主演は桂園子。テラシン憧れの女優だ。いまや大人気の花形スターなのに、偉そうなところがちっともない。さっぱりしていて、気さくで、裏方のスタッフにも気配りを忘れない。食堂でたまたま会ったりすれば、「あらテラシン、たまにはもっと日の当たるとこに出ておいでなさいな」などと軽口を叩く。そんなときは嬉しくて、一日中ほんのりと幸福感が続くのだ。

階下の試写室がにわかにガヤガヤし始めた。映写窓から見てみると、出水組のスタッフが次々に着席している。壁に取り付けられた小スピーカー《トークバック》からチーフ助監督の声がする。

『映写部さん。監督、キャメラマン、揃ったぞ』

マイクのボタンを押して、「了解しました」と応答する。

ノックもなしに映写室のドアがバタンと開き、息を切らして飛び込んできたのは、同じく二十八歳のゴウである。湯気が立つほど撮りたてほやほやの缶《ケース》入りフィルムをしっかりと胸に抱いている。

「おう、テラシン。出水組のラッシュ、よろしく」

「よっしゃ」

フィルムを受け取って、映写室の主のごとく中央にでんと構えた映写機に装塡《そうてん》する。

出水組のスタッフの多くは監督とともに試写室で着席して確認用プリント《ラッシュ》を見るが、ゴウの特等席はここ、映写室のテラシンのとなりだ。あるとき、違う角度で見てみたいからと、テラシンと一緒に映写窓からのぞき見したところ、試写室では気づかなかったシャシンの特性やアラが見えてきて、得した気分になったのがきっかけだった。

映写技師のテラシンともウマが合った。現場では気づかないことにテラシンはよく気がついた。そしてていねいに意見を言ってくれる。ゴウはそのたびに、いいとこ突いてるな、と思う。本来であれば、映写技師はシャシンの出来を云々言える立場ではない。それを知っていて、ゴウちゃんだから言うけど、と前置きしてから、テラシンは本音で意見してくれた。それがどれほどかけがえのないものか、ゴウはよくわかっていた。

「今度の出水組、面白そうだな」

手早くフィルムをセットしながら、テラシンが言った。

「へえ、どこが？」ゴウが訊いた。

出水監督の演出は古くさいんだよなあ、と最近ゴウはよくテラシンにぼやいていた。が、テラシンは肯定的な意見をもっていた。

「出水監督のシャシンって、ラッシュだけ見るとなんとなく平凡だろ」

「そうだよな。正直、つまんないよ。キャメラはいつも目の高さ、漠然としたロングショット、役者はそっけない芝居ばっかりで」

「そのつまんないショットが全部繋《つな》がって、一本の作品になったとき、なんだか、これがいいんだよ」

ゴウは一瞬どきりとした。自分が思っていたのとまったく同意見だったからだ。

「いや、実はおれもそう思ってたんだ。なんでだろう。お前わかるか?」

一拍置いて、テラシンが答えた。

「わからない。監督の才能としか言えないな。なんて言うか……カットとカットのあいだに神様が宿ってる。映画の神様が。……そういう感じかな」

ゴウは目を瞬かせた。テラシンはくすっと笑った。

「それが、映画だよ。ゴウちゃん」

トークバックから『映写どうぞ』の声がした。テラシンが映写機のモーターを回転させ、投写ランプのスイッチを入れる。ジジジジ、カラカラカラ……と心地よい音を立ててリールが回り始める。

スクリーンにはカチンコ入りのラッシュプリントが映し出されている。テラシンは映写窓からそれを見て、フォーカスを調整する。

「映画の神様かあ……」

テラシンの後ろ姿を眺めながら、ゴウがぼそっとつぶやいた。


映写室・試写室はそっけないコンクリート造りの建物の中にあった。

その外階段を軽やかに駆け上がる足音がする。やがて、ドアをトントン、とノックする音が聞こえた。

つい先頃編集を終えた小田安三郎監督作品の試写の真っ最中である。テラシンは映写室でリール交換のために待機しているところだ。出水組のゴウは、テラシンの傍らで明日の香盤表を確認中である。テラシンは立ち上がってドアを開けた。

ドアの向こうに立っていたのは、見知らぬ若い娘だった。

三角巾でパーマネントの髪をまとめ、桃色のセーターと臙脂《えんじ》色のスカートに白い前掛け、白い靴下にサンダル。両手に岡持《おかもち》を提《さ》げている。テラシンと目が合うと、花がほころぶような笑顔になった。

「こんにちは、『ふな喜《き》』です。ご注文のカツ丼ふたつ、お届けに上がりました」

えっ、とテラシンは戸惑って、

「僕、注文してませんけど……」

「おれが注文したんだよ」背後でゴウが言った。「よお、淑子ちゃん。入れよ」

「え、いいんですか？　じゃあ、ちょっとだけ。お邪魔します」

近所の食堂「ふな喜」の娘、二十三歳の淑子だった。テラシンのそばをすり抜けて、中へ入っていった。カツ丼の香りとともに、一瞬、花の香りのようないい匂いがした。

「昨日、残業に付き合わせちまっただろ。そのお礼だよ、テラシン。おれのおごり」

ゴウが立ち上がって岡持を受け取り、中からカツ丼を取り出した。「うはあ、うまそう」

と、とろけそうな顔になる。

「へえ、ここが映写室。初めて入ったわ」

淑子は頭を巡らせて、狭い室内を見回している。テラシンは身の置きどころをなくしてドギマギしている。ここに女性が入ってくることなど滅多にないのだ。

「あれ、もしかして、ふたり、初対面？」口に箸をくわえてぱきんと割ってから、ゴウが気づいた。

「あ、はい」テラシンがギクシャクして答えた。淑子がペコリと頭を下げた。

『ふな喜』の淑子です。いつも出水先生やゴウちゃんにはご贔屓《ひいき》にしていただいてます」

「あ、そ、そうですか。えと、寺林です。ふな喜さん……前を通ったことはありますが、伺ったことはなくて、その……」

「テラシンはおれが撮影所でいちばん信頼してる映写部の勉強家なんだよ」

早速カツ丼をかき込みながら、ゴウが口をもぐもぐさせて説明した。

「こいつ、鋭いんだ。おれが気がつかないようなシャシンの細部に至るまでよく見ててさ、ずばりと意見するんだよね。それがまた当たってるんだ。それに、映写部だから、ここで作られる映画は全部見てる。しかも何遍《なんべん》も何遍も。だから、おれなんかよりよっぽど映画に詳しいインテリだぜ。ギターも弾けるし」

「えっ、ギターも?」淑子が顔をぱっと華やがせた。「わあ、すてき」

「やめてくれよ、ゴウちゃん」テラシンは真っ赤になって、あわててしまった。淑子ははしゃいだ声で、

「今度、ギター聞かせてくれますか? 私、グループ・サウンズが好きなんです。タイガースの『花の首飾り』とか。弾けますか?」

くったくなく訊いてきた。テラシンは頭を掻いて、はあ、と生煮えの返事をした。

「『スーダラ節』でも『ミヨちゃん』でも弾けるぜ、なあ」ゴウが適当なことを言った。全然弾いたことないよとは言えずに、テラシンは苦笑いをした。

「ごっそさん。じゃ、おれ行くわ。淑子ちゃん、ゆっくりしていけよ。むさ苦しいとこだけど」

きれいに平らげたどんぶりを岡持に戻すと、ゴウはさっさと出ていってしまった。テラシンはますます身の置きどころをなくしてしまった。

「あれ……のぞき窓ですか？」

淑子が映写窓を指差して尋ねた。テラシンはうなずいた。

「見てもいい？」

もう一度うなずいた。淑子は身を屈《かが》めて小窓をのぞき込んだ。

「わあ、試写室が全部見渡せるのね。あ、園子さんが映ってる。きれい……」

白い横顔がスクリーンの照り返しを受けてちらちらと輝いている。テラシンは吸い込まれるようにして淑子の横顔をみつめた。——と、淑子がぱっとテラシンのほうを向いた。あわてて目を逸らす。

「そろそろ戻らなくちゃ。すみません、お邪魔しちゃって」

はあ、と腑抜けた声を出してしまった。淑子は岡持を両手に提げると、

「今度、店にも来てくださいね。ゴウちゃんと一緒に。待ってます」

にこっと笑いかけて、出ていった。

外階段を駆け下りていく軽やかな足音。テラシンは、ドアを開けてすぐにでも追いかけていきたいような気持ちになった。映写機が回り切り、空のリールがカラカラと音を立てているのにも気づかない。

『おい映写部、終わったぞ。何やってんだ！』

トークバックからがなり声が響いている。はっと我に返って、あわてて映写機に飛びついた。あわてすぎて手元が狂い、リールをつま先に落としてしまった。

「ぁいっ！」

と叫んで屈み込む。リールの一撃は、結構キツいのだ。

「ふな喜」は大船撮影所の正門を出てすぐ、徒歩三分の町角にある。撮影所の完成に合うように開店して以来、数多くの映画人を常連客として繁盛してきた。女将《おかみ》の若菜《わかな》と娘の淑子、ふたりで店を切り盛りしている。

終戦の間際に召集された淑子の父は、南方で戦死した。その翌年に誕生した淑子は父の顔を知らない。若菜は女手ひとつでふたりの遺児を育てながら店を続けた。彼女の苦労を知る映画人たちは、ことさら「ふな喜」を贔屓にし、若菜の子供たちの面倒も何くれとなくみてやった。淑子の兄の一雄《かずお》は、撮影所所長の城田《しろた》三郎《さぶろう》のコネで都心の企業に就職し、城田の紹介で見合いをし、城田を媒酌人《ばいしゃく》として結婚し、幸せな家庭を築いた。「松竹さんが大船に来なかったら孫も生まれなかったわよ。撮影所には足を向けて寝られません」とは女将のコメントである。

のれんをくぐって店に入るとカウンターがあり、ふたりがけのテーブル席が三つ。奥には二畳の小上がりがある。居心地のいい小上がりは常連である出水組の打ち合わせ部屋のように使われている。

「あ、な、たの、言う、通り、よ……と。はい次どうぞ、監督」

テーブル席で卓上に二百字詰原稿用紙を広げて、ゴウが鉛筆を走らせている。カウンター前ではほろ酔いの監督、出水宏が、うろうろと狭い店内を歩き回りながら「口移し」の真っ最中だ。

撮影中の現場は時々刻々と変化する。監督が演出上の変更を加えるため脚本《ホン》にどんどん手を入れてくる。俳優は「撮影稿」と呼ばれる決定版シナリオを手に演じるわけだが、追加で変更されるシーンのシナリオを「号外」と呼ぶ。号外は撮影前日までに準備され、ガリ版で印刷して、撮影当日に役者とスタッフに配られる。

出水監督は多くの作品で自ら脚本を手掛けている。監督からの「口移し」で号外のガリ版を作るのは、もっぱら監督助手のゴウの仕事だ。

「あたし、泣きたくなってきちゃった。ねえスミちゃん、泣いていい？」

言いながら出水がしなを作って、ヨヨヨと泣き崩れるそぶり。ゴウのところへ熱燗《あつかん》を運んできた淑子が笑いを噛み殺している。

奥の小上がりでは、桂園子が猪口《ちょこ》を片手にして、面白そうに「口移し」の見物をしている。

「そこで史枝《ふみえ》は、ええと……そうだな、史枝は洗濯物に顔を埋めて泣く。遠くから子供が呼びかける。おーいおばちゃーん。スミ子、ほら史枝ちゃん、坊やが来たわよ、涙をお拭きなさい……と。ここまでどうだ、ゴウ？　面白いか」

「面白いですね。最高です」つまんねえ、と思いながら、ゴウが心の声を口にすることはない。

「ありがとう。スミちゃん、ありがとう……」

小上がりにしなしなと腰掛けて、すんすん鼻を鳴らして涙を拭《ぬぐ》うそぶり。園子がたまらずに笑い声を立てた。出水はキッと真顔を上げて、

「どうだ?」

もう一度訊いた。ゴウは素早く書き留めると、赤鉛筆を耳に挟んで、

「とてもいいです。そのあと、こんなのはどうですか。『スミちゃん、あなたは私の本当のお友だちね』」

「いいわね、そのセリフ」園子が口を挟むと、

「つまんねえな」出水が蹴り返した。

「いいか、ゴウ。映画ってのはな、全部言っちゃダメなんだ。十言いたいところを七で止める。七で十を言わなくちゃダメなんだよ。覚えとけ」

「はい」とゴウ。古くせえ、と内心思っている。

「じゃあこれ、明日の朝いちばんで配っときます」

「おう、頼んだぞ」

出水は立ち上がって帰り支度を始めた。

「先生、お食事は?」淑子が訊くと、「今日は家で食うよ」と答える。

「ところで淑子、お前、嫁にいく気はないか?」

唐突に訊いてきた。出前を頼むような気軽さである。淑子はきょとんとしてしまった。

「何よ先生、藪から棒に」

園子が代わりに応えた。出水はおかまいなしで、

「いい縁談があるんだよ。お前、さっさと片づいておふくろさんを安心させてやれ。なあ、女将」

奥から出てきた女将の若菜に声をかけた。若菜は「先生がお持ちくださるお話なら大歓迎ですよ」とにこやかに受け応えする。

「私、お見合いなんかしません」

そっけなく言って、淑子はちらとゴウに視線を投げた。ゴウは原稿用紙に書き留めた「号外」のチェックに余念がない。

「そんなこと言ってると、いき遅れになるぞ。撮影所の不良どもに引っかかるなよ。活動屋になろうなんてやつらはみんな不良なんだからな」

意地悪く言って、出水はのれんをくぐって出ていった。園子がくすっと笑った。

「不良か。まあ、言えてるけどね。君もそうでしょ、ゴウちゃん」

「そんな、違いますよ」ゴウは苦笑した。

「不良よ」淑子が口を尖らせた。

「麻雀も競馬も大好きだし、大部屋のノブちゃんやミエちゃんと仲良しだし」

「そうなの？」と園子。

「うそっぱちです。こいつは嘘つきです」とゴウ。真実《ほんと》だが、ここはキッパリ否定しなければ。

「うそじゃないもん。イーッだ」淑子はゴウに向かって「イーッ」の顔を突き出した。

「こら。美人が台無しよ」園子が笑う。

「こんなおかめにお世辞はダメですよ、園子さん」ゴウは立ち上がった。「じゃ、おれ、いまからガリ版作ってきます」

「あーっ、言ったわね。このトウヘンボク！」淑子がかみついた。

「言ったがどうした、このちんちくりん」ゴウが言い返した。

「こらこら、ふたりとも。いい加減にしなさい」園子が割って入った。ゴウは、へへ、と苦笑いして、鼻の頭をぽりぽりと掻いた。

「女将さん、ごっそさんです。あ、おれの分は出水組のツケで……。じゃ、園子さん、明日また」

大急ぎでのれんをくぐって行ってしまった。

その後ろ姿を見送って、淑子は小さくため息をついた。

日曜日。撮影所の休日は、テラシンにとっても週に一度の休みの日である。

いつもなら、巨大な観音像で知られる大船観音寺近くの下宿にこもって、一日中ギターを爪弾いたり、映画の本を読み耽ったりするのだが、その日は違った。出水組が伊豆《いず》半島で行う野外撮影《ロケーション》に見学に出かけるのである。

撮影所に勤めて七年、初めてのロケ見学だ。テラシンはワクワクして、前の日はなかなか寝つけなかった。まるで遠足まえの小学生である。

きっかけは、「ふな喜」の淑子のひと言だった。

初めて映写室を訪ねて以来、淑子は出前の帰りにちょくちょく映写室に立ち寄るようになった。テラシンひとりのときは、また来ます、とすぐ帰ってしまうのだが、ゴウが居合わせると、お邪魔します、と上がり込んで、たあいないおしゃべりをしばらくして帰っていく。テラシンは、いつしか淑子の訪問を心待ちにするようになった。

狭い部屋でふたりきりになるのはちょっと困るが、ゴウがいれば気易く話ができる。と言ってもゴウと淑子が軽口を叩き合うのを微笑みながら見守るのがテラシンの役回りだったが、それでもなんでも、手を伸ばせば触れられるほど間近に淑子がいるのが嬉しくて仕方がなかった。

このまえも、ゴウとふたりで映写室に詰めていたとき、淑子がやって来て、今度の日曜日に伊豆半島にロケーションに行くんだとゴウが話すと、テラシンさんは行かないの？　と何気なく尋ねられた。僕は撮影には関係ないから、と答えると、こう言ったのだ。

――テラシンさん、かわいそう。いつも暗くて狭いところに閉じこもって。ゴウちゃん、いっぺんでいいから、テラシンさんを見学に連れていってあげなさいよ。

テラシンはあわてた。映写技師がロケーション見学など、越権行為だとわかっていたから。ところがゴウは飄々《ひょうひょう》として言った。

――それもそうだな。休みの日だし、エキストラが必要になるかもしれん。テラシン、見にこいよ。出水さんにはおれから言っとくから。

それで、見学が実現したのである。

早朝、撮影所前から出発するロケバスに、ゴウとともにテラシンも乗り込んだ。撮影スタッフは、「よおテラシン」「こりゃ、珍客だね」と気さくに声をかけてくる。ゴウが事前に根回ししてくれたようだ。おかげでテラシンは肩身の狭い思いをせずに済んだ。

ロケ場所は沼津《ぬまづ》にほど近い西伊豆の海岸だった。ここで、目下撮影中の〈花筏〉の最も重要なシーン、園子が演じるヒロインのラブシーンの撮影である。

「先に言っとくけど、今日は園子さんのラブシーンだぞ。目を皿にして見とけよ」

バスの中でゴウに教えられ、テラシンはにわかに緊張を高めた。鼻血出すなよ、とも付け加えられて、ますます緊張した。そんなにきわどいシーンなのだろうか。

海岸を見渡す崖の上と砂浜近くの両方に、カメラが手際よくセッティングされていく。園子たち役者陣は車で十分ほどのところにある旅館で衣装と化粧のこしらえをして、午後になってやって来た。スクリーンで見る園子と、こしらえをした生身の園子は、また違った美しさで、テラシンは胸を高鳴らせた。

監督の出水は、折りたたみ式のディレクターズ・チェアに座ったり立ったりしながら、ゴウに細かく指示出しをする。ゴウは伝書鳩のように、出水と園子のあいだを行ったり来たりして、監督の指示を細かく伝える。テラシンは撮影の邪魔にならないように、少し離れたところに陣取って、その様子を見守っていた。

何度かのテストを繰り返し、いよいよ本番となった。

「ほんばーん！」

ゴウが声を張り上げた。園子にパラソルを差し掛けメイクを直していたスタッフたちが、砂に足を取られながら退却する。テラシンは息を詰め、両手をぐっと握り締めた。

きらめく海景の縁取りの中で、園子と相手役の俳優・岡村《おかむら》が、ゆっくりと浜辺を歩き始める。波の音とカモメの鳴き声ばかりで、園子たちのセリフはテラシンの耳には届かない。

この情景がスクリーンでどんなふうに再生されるのだろうか。当たり前のことだが、そこには出水もゴウもカメラマンも音声係もいない。フレームの外側で汗水垂らして動き回っている人々は誰ひとり映っていない。映画作りにかかわっている、かくも大勢の人たちの姿を一切消し去って、ただ園子たち登場人物だけが物語の世界を生きているのだ。そう気がついて、テラシンの胸は静かに震えた。

ふと岡村が動きを止めた。すみませーん、と手を振っている。「はいカット！」と叫んで、出水が舌打ちをした。

「何だ、いいとこだったのに。ゴウ、聞いてこい」

はい、と応えてゴウがすっ飛んでいく。岡村と短く会話して、駆け戻ってきた。

「セリフかんだそうです」

「いいんだよ、ここアフレコなんだから。セリフなんてどうだっていいんだ馬鹿野郎。おれはお前たちの下手な芝居を撮ってるんじゃない、白い波を撮ってるんだよ！　って言ってこい」

はい、と応えてまたすっ飛んでいく。短く会話して、また飛んで帰ってくる。

「はい、わかりました。ということです」

「よし。じゃもういっぺんいくぞ」

ほんばーん、とゴウが声をかける。カチンコが鳴って、カメラが回り出す。が、わずか数秒後に出水が「カット！」とまた止めた。

「日が陰った。あの雲が行くまでやめ」

「はい。お天道《てんと》さん待ち！」ゴウが声を張り上げた。メイク係が園子のところへ駆け寄っていく。レフ板が下ろされ、マイクブームが引っ込む。しばらく空とにらめっこしていたゴウが、「お天道さん来ます！」と叫ぶ。たちまちスタッフがフレームアウトし、レフ板、マイクブームが立ち上がる。

「ほんばーん！」

カチン！

――すごい。

すごいすごいすごい。テラシンは感動で体が芯から熱くなるのを感じていた。

映画って、こんなふうに撮られているのか。一瞬一瞬が真剣勝負なんだ。

撮影の最中、監督は絶対的な存在だった。右と言えば右、左と言えば左。役者もスタッフも監督の指示のままに動く。逆に言えば、監督が指示を出さなければ何も動かない。出水の態度は時に横柄なように見えるが、そうじゃない。全員を導いていく圧倒的な力がなければ現場はまとまらないし、役者の能力を最大限に引き出せないのだ。監督は一カット一カットにこだわり抜き、そのこだわりに役者もスタッフも呼吸を合わせ、全身全霊で挑んでいる。

だからなのか。——一カット一カットに、映画の神様が宿っているのは。

やがて日没が近づき、ロケも大詰めを迎えた。いよいよラブシーンの撮影である。

出水は落ち着きなくうろついて、イライラを募《つの》らせていたが、ついに爆発した。

「おいっ、ゴウ！　何やってんだ、園子は！　まだ帰ってこないのか、どこまで小便《しょんべん》しに行ってんだ⁉」

砂浜の向こうから、すいませーん、と叫びながら、息を切らしてゴウが走ってきた。

「はあはあ、ちょっと、べ、便所借りた民家が、はあはあ、と、遠かったもんですから……」

途切れ途切れに言うと、「馬鹿野郎！」とどやしつけられた。

「小便なんかそのへんの草むらでしゃがんですりゃいいだろう。おれが撮りたいのは夕日！夕日なんだよ！」

出水が指差さす彼方に、赤々と夕日が浮かんでいる。水平線のギリギリにとどまって、いまにもストンと落ちてしまいそうだ。

沈みゆく夕日を背景に、ふたつのシルエットがひとつに重なる。その瞬間こそがこの映画のハイライトだ。そのわずか二十秒のショットで、このシャシンの良し悪しが決まる。

スタッフは全員、ハラハラして待っている。テラシンにもそれが伝播《でんぱ》してハラハラする。

なんだかこっちまでもよおしてきそうだ。

「あーっ！　沈む沈む沈む！　沈んじまう！」

出水が大声を上げた。

「ゴウ、行け！　お前、止めてこい！　夕日を止めてこい！　早く！　行け――ッ！」

「は……はいっ！」

応えるが早いか、ゴウが飛び出した。浜辺に向かって突進する。わっと歓声が上がった。

テラシンは息をのんで、

「――ゴウちゃん！」

思わず飛び出してしまった。夢中で追いかける。

「うお――っ！　待ってくださいっ！　待ってて－っ！」

夕日に向かってゴウが雄叫びを上げる。

「バカっ、待つわけないだろーっ！」

ゴウに向かってテラシンが叫ぶ。

駆けていくゴウの背中。残陽を集めてきらめいている。なんて、なんてまぶしい背中なんだろう。

波打ち際で追いついた。テラシンはゴウの背中にタックルした。ふたりは濡れた砂の中へ勢いよくすっ転んだ。

わあっともう一度歓声が上がった。笑い声と拍手のさざめきが、寄せては返すさざ波のように遠くで聞こえていた。

撮影所に勤務していてよかった、とテラシンが思うことは多々あったが、夏の盛りのある休日、最高の「役得」に恵まれた。

なんと、園子がドライブに連れ出してくれたのである。むろん、テラシン単独で誘われたわけではない。ゴウと淑子も一緒である。だから、いっそううきうきしていた。

園子のマイカーは四人乗りの空色のオープンカーである。「わ、フォードのマスタング・コンバーチブルだ！」ひと目見ただけでテラシンは車種を言い当てた。「映写機いじってるだけあって、機械モノにはなんでも詳しいんだよな」ゴウが自分のことのように自慢げに言った。

助手席にゴウ、後部座席にはテラシンと淑子が並んで乗った。シルクのスカーフを髪に巻き、サングラスをかけてハンドルをさばく園子は、ビビアン・リーもかくやと思われる完璧な女優ぶりである。道行く人も、すれ違う車の運転手も、ひとり残らず振り返る。淑子は精一杯お洒落《しゃれ》をして、いつもより明るい色の口紅が艶っぽい。風に巻き毛を揺らしながら、助手席に身を乗り出して盛んにはしゃいでいる。太陽は照り輝き、遠くの空で入道雲が力強く立ち上がっているのが見える。

「ねえ、聞いて。このまえ、この車に乗って撮影所に行ったら、小田先生に見られて、言われちゃったのよ」

運転しながら園子が言った。

「え、なんて？」ゴウが訊いた。

「ここの撮影所はいつから八百屋になったんだ？　って」

「どういう意味ですか？」

テラシンが身を乗り出して訊き直した。園子が歌うように答えた。

「ダイコンが車に乗って出入りする」

一同、声を合わせて大いに笑った。

そのまま調子よく眺めのいい岬へと行き着くつもりだったが、途中でエンストを起こしてしまった。

ガードレールに寄せて車を停め、ボンネットを開けてから、ゴウが近くの民家に水をもらいに飛んでいった。困ったときにすっ飛んでいくのが彼の役目である。やがて大きなやかんを手にして戻ってきた。

「熱いから離れててください」

園子にそう言って、ラジエーターに水を注ぐ。園子は、テラシンと淑子が景色を眺めるために離れていったのを横目で見てから、「ねえゴウちゃん」とゴウに近寄って話しかけた。

「何であのふたり誘ったの？　私、ゴウちゃんとふたりきりでドライブするつもりだったのよ」

ゴウは顔を上げずに、「いや、それはまずいと思って……」と小声で言った。

「おれなんかとふたりきりで出かけたりして、ヘンな噂になったらいけないんで」

「そんなこと、かまいやしないわよ。それともゴウちゃんは私と噂になったら困るの？　そういうお相手がいるの？」

真っ赤な唇が攻めてくる。ゴウは目を逸らして、「いや、別に、そんな……」と言い淀んだ。

「うそ。私の目を見て言って」

ゴウはあわてて、「水、もう一回もらってきます」と、またすっ飛んでいった。

少し離れたところでは、淑子がガードレールに身を寄せて遠くの水平線を眺めていた。

「淑子ちゃん。……あの、よかったら写真撮らせてもらえませんか」

コニカのカメラ「ⅢA」を首から下げて、テラシンは思い切って声をかけた。

淑子が振り向いた。どきっとした。瞳がみずみずしくきらめいて、ハッとするほどきれいだったのだ。淑子はにこっと微笑みかけた。

「はい、お願いします」

ファインダーの中の淑子は格別にきれいだった。園子もそうだが、女性というのはファインダー越しに見ると、また映像や画像になると、内在的な魅力が引き出されるものなのだろうか。かすかな陶酔を覚えながら、テラシンはシャッターを切った。

「このキャメラのフィルム、映画のフィルムと同じなんですよ」

何枚か撮ってから、テラシンは照れ臭さを紛らわすために、そんなことを言ってみた。

「え、そうなんですか？」淑子は興味津々の様子だ。

「仲のいいキャメラ助手に、フィルムの端切れをもらうんです。映画ではたった一秒のフィルムが、スチールの写真だと十二枚も撮れるんですよ」

へえ、と淑子が感心の声を漏らした。

「テラシンさんは、将来監督になるの？　シャシンに詳しいし、技術も習得してるし……そうですよね？」

「え？　いや、まさか」テラシンは照れ笑いして、即座に否定した。

「僕は畑が違うし、才能もないですよ。監督というのは、特別な才能を持ってなくちゃなれないと思います。ゴウちゃんのように」

「ずいぶん高く買ってるのね、ゴウちゃんのこと」

テラシンは力強くうなずいた。

「彼には生まれ持っての才能があります」

「何でわかるの？」

「何でって……きらめきがあるから」

そうなのだ。ゴウはいつだってまぶしかった。彼には人を魅了するきらめきがあるとテラシンはわかっていた。多くの人たちを巻き込んでいっせいに動かしていく「監督」という仕事には、そういう力が必要だということも。

淑子は目をキラキラさせてテラシンをみつめていた。君にもきらめきがあるよ、と口にはできないが、テラシンは心の中でささやいた。

「じゃあ、テラシンさんの夢って何？」

くったくなく訊いてくる。テラシンは視線を遠くの水平線に移して、言った。

「映画館を経営すること」

「映画館……」

「そう。僕が自分で映写機を回して、古い映画も新しい映画も、とにかく僕が好きなシャシンだけを集めて上映する。そういう『名画座』。名前も決めてあるんだよ」

「何て名前？」

淑子がいっそう目をきらめかせた。テラシンは、ようやく淑子の目を見て答えた。

「テアトル銀幕。――『テアトル』はフランス語で劇場という意味で、『銀幕』はスクリーンのこと。僕がいちばん好きな言葉をふたつ、組み合わせたんだ」

淑子は、ほうっと小さく息をついた。

「すてきな名前……」

いつか、実現するといいですね。

彼女のささやきが、愛の言葉のように、テラシンの耳に甘く響いていた。

4

「ふな喜」の小上がりに七輪が持ち出されて、じりじりと音を立ててアジの干物があぶられている。

園子を真ん中に、ゴウ、テラシン、淑子が七輪の周りに集まって、閉店後の宴会の真っ最中である。

先頃、園子が小田安三郎監督の新作の主演の座を射止めた。気に入った役者を使うとなると、とことん使い抜くのが小田流である。これから園子は出水と小田のあいだで引っ張りダコになるに違いない。

「すごい、園子さん。ついに小田組の主役なんて！」

淑子は我がことのように大喜びだ。園子は台本を膝の上に載せて「大変なのよ、小田先生は」と、嬉しさ半分、困惑半分の表情を作った。

「とにかく言われた通りに完璧にしなくちゃならないの。まえに出たときなんか、お紅茶を二回半スプーンでかき混ぜて飲みなさい、って言われて。私、すっかり緊張しちゃって、その通りにしたつもりだったんだけど、カットがかかってね。園子ちゃん、いま二回しかかき回さなかっただろ。僕は二回半と言いました、とこうだからね」

「はあ、キビシイなあ」テラシンは、ぽかんとしてしまった。小田作品を映写室で何百回と見ている彼は、「園子が紅茶を飲む」のが、どの映画のどのシーンかすぐに頭の中で再現できた。しかし、かき混ぜたのが二回だったか二回半だったかはわからない。

団扇《うちわ》で炭をパタパタやりながら、「小田さんにとって、役者は小道具みたいなもんだからな」とゴウが言った。

「おれならもっと役者を立てる演出をするけどね」

園子が、あら、という顔をした。

「ゴウちゃんはどんな監督になりたいの？　遊んでばかりいるけど」

「遊んでばかりって……そりゃあ競馬も麻雀も好きだけど、全部映画作りの肥《こや》しですよ。生きてることのぜんぶが映画の要素になり得る。おれはそう思います」

「まあ、エラそうに」園子がおちょくると、となりで淑子がうんうん、とうなずいた。が、その顔は上気して、どこかわくわくしている。

「ゴウちゃんはいま、シナリオを書いてるんです。それが、ものすごく独創的で」

テラシンはこらえ切れずに言った。つい最近、ゴウに読ませてもらったシナリオがあまりにも面白くて、黙っていられない気分になっていたのだ。言ってしまってから、ゴウのほうを向いて、「話しちゃってもいいかな?」と念のため訊いてみた。ゴウは、おう、と返事をして、パタパタに余念がない。テラシンは立ち上がると説明を始めた。

「主人公は女性、とても美しい人です」

「園子さんのような」ゴウが合いの手を入れる。

「お世辞なんかいいから」園子が苦笑する。テラシンが続ける。

「彼女には夫がいる。細かいことをいちいち気にする男で」

「こいつみたいな」ゴウがテラシンを指差した。「ひどいなあ」とテラシン。

「テラシンさんは繊細なのよ。ゴウちゃんとは大違いで」淑子が反論した。テラシンは頭を掻いた。

「えっと、この人妻が無類の映画好きで。ケチな夫に隠れてへそくりをせっせと貯めて、そのお金でいそいそと映画館へ出かけるんです。憧れのスターが出演する映画を、へそくりが許す限り、二回も、三回も……」

ゴウが団扇を片手に立ち上がり、テラシンの後を続ける。

「映画はどうってことないメロドラマだけど、彼女のお目当ては映画の中の彼。彼が映っていればそれでいい。彼のクローズアップをうっとりとみつめる人妻……」

「ここからが面白いんです」と今度はテラシンが合いの手を入れる。

スクリーンの中で、スターは恋人の父親と喧嘩をしている。シリアスな場面だ。――と、スターが演技をやめて、突然、ふっと客席に目線を向ける。つまり、撮影中のカメラに目を向けた格好だ。普通、俳優がカメラ目線になることはない。演出上、俳優はあくまで演技をしている相手に視線を向けているものなのである。

人妻は思いがけず、憧れのスターと目が合ってしまい、どきりとする。すると、スターがスクリーンの中から彼女に向かって語りかける。――奥さん、またお会いしましたね。今日で三回目でしょう？　人妻は呆然となる。――えっ？　私？　まさか、私に向かって話しかけているの？　――そうですよ、奥さん。いつも悲しそうな顔をしているのが気になっていたんだ。どうです、僕と話しませんか？　いま、そちらへ行きますから――。

スターは立ち上がって、スクリーンから抜け出し、ヒョイと客席に現れる。

「ええっ」そこまで聞いて、園子と淑子は同時に声を上げた。

「客席にって……そんなこと、どうやって撮るの？」淑子はまったく想像ができないようだ。当然、そんな映画は観たことがない。

「スクリーンプロセスを使うんだよ」ゴウが言うと、

「一種の特殊撮影の技法なんだ。〈シンドバッド七回目の航海〉で、カーウィン・マシューズとガイコツがチャンバラするシーン、あれみたいに」テラシンが淑子に説明した。

「憧れのスターがポーン！　と飛び出してきて、人妻を映画館の外へ連れ出す。あとはふたりのラブシーン。行き先は江ノ島海岸。浜辺をそぞろ歩くふたり……」

ゴウは小上がりに戻って団扇をパタパタ。「なんだか潮の匂いがするみたい……」と淑子がうっとりする。アジの干物の匂いだよ、とは、紳士的なテラシンは言わない。

映画界は華やかなようでいて、実は孤独なんだとスターは話をする。やがて日が傾き、人妻は意地悪な姑や夫が待つ家に帰らなければならない。いやよ、帰りたくないわ……と涙する彼女を、スターはひしと抱きしめる。――そんなところに帰らなくていい、君は僕と一緒にスクリーンの夢の中へ帰っていくんだ！

さあどうなるか。華やかな銀幕と、惨《みじ》めで窮屈な現実のせめぎ合い。はたして、人妻の運命やいかに――。

「どうだ、このストーリーは？」

話し終えたゴウは、団扇を片手に胸を張った。全員、感嘆のため息をついた。

「これが映画になったら観てみたいか？」

ゴウの質問に、テラシンと淑子が「観たい！」と声を合わせた。園子は小田組のシナリオを胸に抱いて、

「私、主人公を演じてみたいわ」

夢見るようなまなざしでつぶやいた。

「ありがとう、ありがとう。諸君、ありがとう」

ゴウは調子に乗って、三人に向かってパタパタと団扇で風を送った。

「おれは、うちの会社が作るメロドラマとかホームドラマ、ああいうベタベタしたセンチメンタリズムにうんざりしてるんだ。出水さんも小田さんもそうじゃないか。男と女がお互い好きなのになかなか伝えられないだとか、娘を嫁にやる父親の誰にも言えない寂しさだとか、抑圧された感情を淡々と描く映画なんて、古くせえ。そんなのとはもうきっぱり訣別したいんだよ」

乾いた映画、ドライな喜劇。あるいは、ダイナミックな、思い切ってファンタジックなストーリー。

それこそが、新しい映画。来たるべき時代の映画なのだ。

「そういう映画を、おれは目指すんだ！」

ゴウは団扇を高々と掲げた。まるで軍配である。園子と淑子は思わず拍手した。テラシンも立ち上がった。

「円山ゴウ、第一回監督作品。題名も決まっているんです」

園子も淑子も、興味津々でふたりを見上げている。テラシンがゴウを肘《ひじ》でつついた。ゴウはひとつうなずいて、発表した。

「――キネマの神様」

胸に秘めていた、とっておきの題名。

園子と淑子、それぞれの顔に光がさすのをテラシンは見た。けれど、いちばん顔を輝かせていたのは、ゴウだった。


こんもりと生い茂る木々の間から、にゅうっと上半身を突き出す巨大な白い観音像。大船観音寺近くに、観音様が立ち上がっただけで吹っ飛んでしまいそうな仕舞屋《しもたや》がある。その二階がテラシンの下宿先だ。

テラシンは残業がたたったのか、二日ほどまえに熱を出して寝込んでしまった。すると、思いがけない見舞客があった。淑子である。

いつものように出前のついでに映写室に寄ってみると、テラシンではない別の技師がいた。あいつ寝込んでるってよ、と聞いて、様子を見にきてくれたのだ。

おにぎりとリンゴ、小さな花束まで持ってくる気の利きようである。薄紫の可憐な小菊は、淑子そのものだった。

洗面器の水を換えたり、氷枕を作ったり、四畳半一間のむさ苦しい部屋の中を、白い靴下の足が忙しく行ったり来たりする。枕元に正座してリンゴを剝いてくれたりもした。すべすべの膝小僧がふたつ、横になったテラシンの顔のそばに並んでいる。目のやり場に困ってしまって、よけいに熱が上がりそうだった。

翌日、遅ればせながらゴウが顔を見せた。ゴワゴワに乾いたタオルを額に載せたまま、ぼうっとしているテラシンの顔をのぞき込んで、ゴウが言った。

「何か食ってるか？　アジの押し寿司、買ってきたぞ」

それから、部屋の中を見回して、机の上に薄紫の小菊が三ツ矢サイダーの瓶に生けられて飾ってあるのをみつけ、おや、という顔になった。テラシンは熱いため息をついた。

「ゴウちゃん。僕は苦しいんだ」

ゴウはテラシンの額のタオルを取り上げると、代わりに手を当てた。

「もう熱はないようだけど……どんなふうに苦しいんだ？　医者を呼ぼうか？」

「医者じゃ治せないよ」テラシンは苦笑いを浮かべた。

「辛いんだ。……あの人のことを考えると、胸が苦しくて。いっそ、彼女のいないところへ……田舎へ帰ろうかと思うくらいだよ」

「恋の病か」ゴウが愉快そうに言った。「相手は誰なんだ？」

テラシンは、ゴウの目を見ずに答えた。

「……淑子ちゃんだよ」

ゴウが息を詰めたのがわかった。ややあって、そうか、と静かな声がした。

「あの娘のこと……好きなんだな」

「恋というのがこんなに苦しいなんて、この年になるまで知らなかったよ」

言ってしまって、ふいに涙がこみ上げた。男のくせに情けない、と自分で思ったが、止められなかった。

テラシンの目尻に涙が溜まるのをじっとみつめていたゴウだったが、

「手紙書けよ。ラブレター」

そうアドバイスした。テラシンは消極的だった。

「そんなこと……できないよ、手紙なんて」

「何でだよ。ひとりの男が病気になるほど自分に恋焦がれている、それを嫌がる女なんていないぜ。しかもあの淑子ちゃんだ。あんな優しい娘がお前の手紙を喜ばないはずないよ。こんなむさ苦しい部屋に見舞いにきて、花まで生けてくれたんだろ？　お前に好意を持ってるんだよ、きっと」

やけに仕向けてくる。テラシンはゴウと淑子の仲を疑っていた。ふたりは寄ると触ると悪口の言い合いばかりしているが、喧嘩するほど仲がいい、と言うではないか。

「そんなことしてもいいのか、ゴウちゃん?」

テラシンの問いに、「何が?」とゴウが訊き返した。

「君とあの娘の間には何かあるんだろう?」

ゴウは戸惑ったかのように、あぐらをかいたつま先に目線を落とした。

「何もないよ。あるわけないだろ」

「ほんとに、そうなのか」

「ほんとだよ。そりゃあおれだってあの娘のことは好きだよ。つまり、その……あの娘を好きじゃないやつなんていないだろ、いい娘なんだから」

ゴウは忙しく目線を泳がせた。その様子を、今度はテラシンがじっとみつめている。

「お前とあの娘が一緒になれば、幸せになるよ。きっと似合いの夫婦になるよ、お前となら。おれじゃないよ」

「……ほんとにそう思うかい?」

「おう」

テラシンはまぶたを閉じた。

「わかった。書いてみるよ」

ゴウはかすかにうなずいた。

「よし、頑張れ。応援してるよ。……じゃ、そろそろ帰るわ。大事にしろよ」

立ち上がって、部屋を出た。ドタドタと階段を駆け下りる音が聞こえてきた。何かから逃げていくような足音だった。


のれんを下げに、淑子が店の中から表通りへと出てきた。

月も星も隠れた夜空は雨の気配だ。犬の遠吠えが聞こえている。

角を曲がって人影が近づいてくる。はっとして、淑子は手にしたのれんを再び掛け、店の中へと急いで入った。

カウンターでは女将の若菜が仕舞い支度をしている。淑子が後ろ手に戸を閉めたのを見て、「どうしたの、のれん下げとくれよ」と言った。と同時に、ガラガラと戸を開けて、ゴウが現れた。

「こんばんは、もうお仕舞いですか」

若菜はにこりと笑顔を作って、「あらゴウちゃん、しばらく」と応えた。

「すいません、ここんとこ忙しくて……こんな時間にしか来られなくて」

「いいのよ。ひさしぶりで嬉しいこと。淑子、何か作ってあげなさい」

そう言い置いて、若菜は奥へ引っ込んだ。淑子はゴウをちらと見て、「何よ、こんな時間に」と、ちょっとふくれて見せた。

「最近、全然顔見せないんだもん。どうしたかと思ってた。……何か食べる？　それともお酒？」

いそいそとカウンターへ入ろうとした。が、ゴウは「いいんだ、何もいらないよ」と言う。

「昨日、園子さんに言われてさ。『ふな喜』に行ってやれって。叔子ちゃんが会いたがってるからって。……どうかした？」

淑子はぎくりとして立ち止まった。うつむいて、もじもじしている。やがて、思い切ったように前掛けのポケットから白い封筒を取り出した。

「手紙、もらっちゃって……テラシンさんから……」

ゴウは、一拍おいて「へえ」と、とぼけた声を漏らした。

「あいつ、字うまいだろ？」

「そうね。とってもきれいな字……」

「で、何だって？」

淑子は黙りこくってうつむいたままだ。ゴウはその様子をしばらく見守ってから、

「あれか。……ラブレター、ってやつか？」

淑子の頬が見る見る赤くなり、小さくこくりとうなずいた。ゴウは所在なさそうに、指先で鼻の頭をぽりぽりと搔いた。

「へえ、そっか。そりゃいいじゃないか。おれ、あいつの気持ち、よく知ってるんだ。うん、そうだ、そうそう、ほんといいやつだよな。頭いいし、勉強家だし、真面目だし、ギターも弾けるし。おれと……おれと違って、そうだよ、おれなんかと全然違って、酒も賭け事もやらないし……」

どぎまぎしながら言葉を重ねる。淑子は押し黙ったままだ。

「一度ふたりきりで会って、話してみろよ」

ゴウの言葉に淑子は首を横に振った。

「何でだよ？」

「だって……」

あ、とゴウは気がついて言った。

「もしかして、ほかにいるの？　好きな男……」

淑子はますます真っ赤になって、こくりとうなずいた。ゴウは「何だ、そうか。そうだ

ったのか」と焦り気味の声を出した。

「何で黙ってたんだよ、言ってくれたらいいのに。何でおれに……あ、そうか、わかった。もしかして、撮影所の人間じゃないんだな？　おれの知らない誰かで……」

淑子は顔を上げてゴウを見た。瞳が熱く潤んでいる。みつめられて、ゴウはどきりと胸を鳴らした。

「――バカ。鈍感」

すねて甘えるようにささやいた。ゴウは言葉をなくして、濡れた瞳をみつめ返した。

奥から若菜が呼びかける声がした。

「淑子。お母さんお風呂入るから、戸締りお願いね」

はっとして、「はあい」と淑子がすぐに答えた。

表通りを叩く雨の音がする。本格的に降り始めたようだ。

「……降ってきたな。もう帰るよ」

雨音に導かれるようにして、ゴウは戸口へ向かった。淑子がこうもり傘を手に追いかけてきた。

「ゴウちゃん、これ」

雨の中に傘を広げてゴウに手渡した。ゴウは黙ってそれを受け取った。一瞬、手と手が触れ合った。淑子はその手を引っ込めずに、傘の中でゴウの体に身を寄せて言った。

「私、お断りの手紙を書こうと思うの。ゴウちゃんからテラシンさんに渡してもらえる?」

そして、まっすぐなまなざしをゴウに向けた。

「――うん」

ほとんど無意識に答えてしまった。

淑子がゴウを見上げている。熱を帯びた瞳。やわらかそうな唇が、ゴウを求めて半開きになっている。

抗えない磁力――。

吸い寄せられるように、ゴウの唇が淑子の唇めがけて落ちていった。片手で淑子の華奢《きゃしゃ》な体をかき抱く。淑子は夢中でゴウの背中に手を回した。

永遠のような一瞬。

唇を離すと、ゴウは傘を手に雨の中へ駆け出ていった。

雨だれの軒下に佇んで、淑子は熱に浮かされたように、遠ざかる背中をぼんやりと見送っていた。

年の瀬が近づいていた。

仕舞屋の二階の部屋で、テラシンがぼんやりとギターを爪弾いている。

何度も何度も同じフレーズを繰り返す。頭の中は空っぽで、何も考えられない。胸の中では自分が淑子に送った恋文の一節を、何度も何度も反芻《はんすう》している。

――淑子さん。僕は、あなたのことで胸がいっぱいなのです。あなたのことを思うと、夜も眠れません。

僕は、あなたを幸せにしたいのです。そのためになら、どんなことでもする。何を犠牲にしたっていい。僕のすべてをあなたに捧げます。

どうかこの気持ちを受け取ってくださいますように。そして、たった一言でいい、「イエス」という返事をいただけますように。

神様に祈る気持ちで、この手紙を送ります――。

階段を駆け上がってくる足音。テラシンはギターの手を止めた。ガラッと襖《ふすま》が開いて、よお、と顔を出したのはゴウだった。

「元気だったか?」

酒の匂いをさせながら入ってきた。「酔ってるのか」とテラシンは呆れた声を出した。恋文の返事を悶々《もんもん》と待っている自分は、こんなときには酔っぱらえるゴウがうらやましい。

「横浜で映画観てきたんだ。〈チップス先生さようなら〉。よかったぜ。ほら、土産だよ。シウマイ弁当」

「しばらく会わなかったな。どうしていたんだ」弁当を受け取りながら訊くと、

「出水のおやじのシナリオハンティングに付き合わされてさ。信州に行ってたんだ」

「信州か。いいな君は、色んなところへ行けて」

「そうでもないさ。こんな年末にまで駆り出されるんだからな。……ところで、映写部から伝言聞いたよ。おれに話って？」

テラシンはギターを傍らに置くと、あぐらをかいているゴウの前で、生真面目に正座をした。

「いや、実は……君がアドバイスをくれた通り、淑子ちゃんに手紙を送ったんだ。でも……返事がこなくて……。いや、いいんだよ別に、嫌なら嫌で、そう返事をくれれば。イエスかノーか、はっきりしないまま、こうやって何日も過ぎていくのが、僕はもう……耐え切れないんだ……」

ゴウは両腕を組んでうつむいている。畳の目を数えているかのようになかなか顔を上げ

ない。テラシンは焦燥感を募らせた。

「……すまん」

ふいに、ゴウがあやまった。そして、ゴソゴソとジャンパーのポケットを探ると、一通の封書を取り出して、畳の上に置いた。

「すぐに渡そうと思ってたんだけど、急に信州に行くことになっちゃって……彼女からの返事が遅れてたのは、おれのせいだ。あやまるよ。この通り」

ひょこんと頭を下げた。テラシンは封書を取り上げた。裏を返して差出人を見る。——松尾《まつお》淑子。

「じゃ、おれ帰るよ」ゴウが立ち上がった。

「ちょっと待って。そこにいてくれ」テラシンが止めた。急いで封を切る。便箋を広げる手が震えてしまう。


——お気持ちはありがたいのですが、受け止めることはできません。

私には好きな人がいます。あなたもよく知っている人です。ずっと好きでした。その思いを、このまえ、とうとう告白しました。そして、受け止めてもらえました。

ごめんなさい。あなたは誠実で、勉強家で、素晴らしい方です。許されるのなら、これからもずっとお友達のままでいてください――。

最後の一文字まで読んで、テラシンは顔を上げてゴウを見た。ゴウは目を逸らした。悲しみと怒りがふつふつと沸き上がってきた。

「君は……君たちは、お互い好きだったんだな。どうして教えてくれなかったんだ。それを知ってたら、僕は、あんな手紙、書いたりは……」

震える手で便箋を握りつぶした。ゴウは言葉を探してうろたえている。テラシンは押さえ込んでいた感情を爆発させた。

「あんまりじゃないか！　君は彼女の気持ちを知っていたくせに、自分も彼女を好きなくせに、あんなことを言って僕をけしかけたんだ！　そんなことも知らずに僕は……こんなの、まるで茶番劇だよ！」

「待てよテラシン、落ち着けよ！」ゴウはあわててテラシンをなだめた。

「ほんとに知らなかったんだよ、彼女の気持ちを。だからあんなふうに言ったんだ。うそじゃない。何を書いてるか知らんが、そんな手紙、真に受けるなよ。女の気持ちなんてすぐ変わるんだから……」

「何だその言い方は！」火に油を注がれて、いっそうテラシンは逆上した。

「それで慰めてるつもりなのか?!　なんてやつだ、君ってやつは……!」

「ちょっ……落ち着けってば!　どっかで飲みながら話そう。な?」

「帰ってくれ!」

テラシンは荒々しく襖を開けると、思い切りゴウを廊下に突き飛ばして、ピシャリと閉めた。その勢いで、廊下の壁に掛かっていた箒《ほうき》がばたりと落ちた。

ゴウは呆然と突っ立っていたが、やがて箒の柄を取り上げて、元通りに壁に打ってある釘に掛けた。それから重い足取りで階段を下りていった。

巨大な観音像が伏し目がちに町を見下ろしている。

「神様はお見通し、かあ……」

ゴウは独りごちた。

「だけどおれ、あきらめませんよ。どっちも」

観音様がうなずいた——ような気がした。

5

「ふな喜」のカウンターの上に、赤と白のばらの花がこんもりと生けられている。立て札が一緒に挿されてある。『祝クランクイン　円山ゴウ・第一回監督作品　桂園子』

淑子は生け花のかたちを整えながら、「すてきなお花。園子さん、ありがとう」と嬉しそうだ。

園子は春物のコートを肩に羽織ったままで、テーブル席に座って番茶をすすっている。

「せっかくのお祝いだからね。ゴウちゃんの下宿に贈るより、人目につくところに贈ったほうがいいと思って」

「はい。同じ考えだと思うけど、出水先生からは熨斗《のし》付きのお酒をこちらにいただきました」淑子が応えた。

その日、ゴウが監督として初めて手がける映画が撮影初日《クランクイン》を迎えていた。園子の膝には台本が載っている。〈キネマの神様〉と題名が印刷されてある。

シナリオは三ヶ月まえに完成した。まずは師匠の出水が読んで、「面白そうだからやってみろ」と背中を押してくれた。そして松竹の敏腕プロデューサーに繋いでくれた。

配役《キャスト》を決め、スタッフが配備され、「円山組」が結成された。一度やると決まったら瞬く間に準備が進むということを、ゴウ自身が誰よりもわかっているつもりだったが、あまりにも急転直下で監督デビューが決まったので、心の準備が追いつかず、ゴウの緊張は最高潮に達していた。

ともあれ、晴れの日である。淑子は横浜のデパートで買ってきた紺色のワンピースを新しく下ろした。前の晩からカーラーを巻いて髪をカールさせ、頬紅を差し、濃いピンクの口紅をつけて華やいでいる。それでも、部外者の自分が撮影現場に行ったりしていいものか、当日の朝まで迷っていた。

朝いちばんでゴウが店に現れたとき、すっかり身支度を整えていたが、もう一度訊いてみた。――ほんとに私なんかが行ってもいいの？　ゴウはすぐさまうなずいた。――当たり前だろ。淑子がそばで見ててくれたらおれも心強いよ。そう言われて、嬉しくて泣いてしまいそうだった。

「ところで、ゴウちゃんは？　もう来てるんでしょ？」

園子の問いに、淑子はちょっと眉を曇《くも》らせた。

「それが、来るなりトイレにこもりっきりで……昨日からお腹壊しちゃったみたいで」

「緊張してるのね。わかるわ。私も初めてキャメラの前に立ったときは、何度もトイレと現場を行ったり来たりしたもの」

「園子さんでも？　信じられない」淑子が驚くと、

「そのくらい緊張するものなのよ。撮影の現場って」園子が言った。

奥からゴウが現れた。げっそりした顔をしている。

「ちょっとゴウちゃん、大丈夫？」と園子は気遣ってから、「とにかく、クランクインおめでとう」と言った。

「ありがとう……」力なくゴウが応えた。園子と淑子は顔を見合わせた。

「よろしくお願い……あ、ダメだ、またきた。ちょっと、トイレ……うわっ」

手にしていた台本を淑子に押しつけると、大あわてで奥へ引き返してしまった。

「大丈夫かしらねえ……」園子は心配そうな声で言った。

「まあとにかく、淑子ちゃん、そばで見ていてあげなさいよ。一生に一度のデビュー戦なんだから。じゃあ、あとでね」

撮影所へ赴く園子を見送ったあと、淑子は何気なく台本をめくってみた。どのページにもびっしりとカット割りとカットごとの画《え》が書き込んである。この映画にかけるゴウの並々ならぬ熱意が伝わってくるのと同時に、意外にも神経質な一面を見たようで、淑子はかえって不安になってしまった。

大船撮影所内には八棟の「ステージ」が建てられている。ステージとは、内部にセットを組んで撮影をする建物のことである。

搬入口になっている大戸の前には、その日撮影される映画の題名とシーンナンバーの黒板が掲げられている。その日、黒板には「シーン：キネマの神様　監督：円山ゴウ」とチョークで書かれてあった。

大戸横のスタッフ通用口で、そわそわしながらゴウの到着を待っているのはテラシンだ。

昨年末、淑子をめぐってふたりは喧嘩してしまった。

最初、ふたりに裏切られたと思い込んだテラシンの落胆は筆舌に尽くしがたいほどだった。が、ゴウは粘り強くテラシンのもとへ出向き、わだかまりを解こうと切実に語りかけた。最後には、お前がおれと絶交するならおれは淑子と別れるとまで言った。

ゴウは本気だった。確かに彼は淑子を愛し始めていたが、テラシンとの友情をかけがえのないものだと思っている気持ちにも偽りはなかった。ゴウの友情がとうとうテラシンの氷壁のような心を溶かした。

テラシンは、ゴウとともに再び「ふな喜」ののれんをくぐった。ちょっと決まり悪そうな笑顔のテラシンを見ると、淑子は涙ぐんだ。そして、あたたかくふたりを迎え入れた。

親友との絶交の危機を脱したゴウは、ようやく本腰を入れて〈キネマの神様〉のシナリオを書き上げ、最初にテラシンに見せた。出水よりも、淑子よりも先に。

シナリオは文句なく面白かった。これが完成したら、ほんとうに日本の映画界に新しい風が吹き込むだろう。そのフィルムを最初に映写機にかけるのは自分なのだ。そう思うとテラシンの胸は躍った。

「よおテラシン。今日は見学か？」

ベテランカメラマンの森田《もりた》が声をかけた。現場で汚れるのを前提に、真っ白なスラックスを穿いている。森田キャメラマンは格好いいんだよなあ、とテラシンは惚れぼれしながら、

「ええ。円山監督の記念すべきクランクインですから」

そう答えると、森田が、「そうか、そうだよな」と言った。

「今日からはゴウちゃんじゃなくて円山監督なんだな、あいつ」

そこへゴウが到着した。テラシンは、「ゴウちゃ……」と呼びかけて止めた。その代わりに手を挙げて合図した。ゴウも手を挙げて応えたが、なんとなくげっそりしている。

「おう、監督。おはようさん」

助手に渡された白いセーム手袋をはめながら、森田が笑顔を見せた。

「森田さん、よろしくお願いします」

ゴウは律儀にあいさつをした。森田は出水組で活躍しているカメラマンである。彼のカメラの前にゴウはいつもカチンコを差し出す係だった。それが今日から、カメラ位置の指示を出す立場になったのだ。いやが上にも緊張が増すだろうな、とテラシンはゴウの心中を案じた。

「いいシャシンにしような」緊張をほぐすように森田が言ってくれた。はい、と言いつつ、ゴウは全身カチンコチンである。

ステージ内に入っていくゴウを追いかけて、テラシンも中に入っていった。ゴウの姿を見て、皆、いっせいに声をかけてきた。「おはようございます、監督」「クランクインおめでとうございます」ゴウは笑顔で応えつつ、完全に引きつっている。テラシンはいつかのロケーションのときと同様、邪魔にならない場所に陣取った。

セットの周辺ではスタッフがきびきびと動いて、準備に余念がない。ファースト・シーンは茶の間の場面である。ちゃぶ台の前に園子が座って、メガネをかけて台本の確認をしている。ゴウは構図を決めるためのビューファインダーを片手に、園子の近くに寄ったり離れたりして、撮影アングルを必死に探っている。その様子を、森田とチーフ助監督の吉《よし》田《だ》が同じように腕組みをして、少し離れたところから見守っている。

「最初のカット、ここからいかせてください」園子の間近の位置で振り向いて、ゴウが森田に言った。

「どうしてもアップがいいのかい」と森田。納得がいかない口調だが、撮影現場では監督の指示が絶対だ。

「はい」

「じゃ、こうしよう。まず、園子ちゃんがご飯のおひつのふたを開ける、その手元からパンして園子ちゃんのアップ。ええと、それから園子ちゃん、夫にご飯を差し出す」

『どうぞ』園子が森田の言う通りに動いて、最初のセリフを口にした。

「ってので、どうだ？」と森田。

「はい。……それでいいです」とゴウ。納得してないな、とテラシンは気がついた。物語の幕開けのシーンはもっとも重要なのに、結局、森田が決めたようなものじゃないか。

「じゃ、手元からのパンアップに変更です」吉田が声をかけると、撮影スタッフが素早く動いてカメラ位置が変更された。

「おれはこのシーン絡まなくていいの？」園子の夫役、俳優の木村直志《きむらただし》が誰にともなく訊くと、「ここはいいです」とゴウの代わりに吉田が答えた。

周りががやがやと動き回る中で、ゴウは額に脂汗を浮かべて突っ立っていたが、突然、スタッフの間を縫うようにしてセットを飛び出していった。

「おーいどうした、監督っ」森田が後ろ姿に呼びかけると、「トイレーッ！」と遠くから返ってきた。皆、手を止めて遠ざかるゴウの後ろ姿を見送った。森田と吉田は首を傾《かし》げた。

「大丈夫か？　あいつ……」

「さあ……」

ようやくゴウが戻ると、ステージの大戸の傍についている「準備中」の緑ランプが「本番中」の赤ランプに変わった。赤ランプが点いている間は、何人《なんぴと》たりとも中に入ることはできなくなる。

セットの中央のちゃぶ台の前に、園子と木村が神妙な顔で座っている。その間近に据えられたカメラ。森田と吉田とゴウ、三人がカメラを前に中腰になっている。ゴウの額にはやはり脂汗が浮かんでいる。極度の緊張感がテラシンにも伝わってくる。

「ゴウちゃん。いこう」森田が声をかけた。

「はい」ゴウがうなずく。

「本番！」助監督のかけ声。水を打ったようにしんと静まり返るステージ。

「ようい……」ゴウの押し殺した声。

「シーン1、カット1、シンクロナンバー1」助監督がシーンナンバーを読み上げる。ゴウ、ゴクリと生唾を飲み込んで――。

「ハァーイッッ！」

完全に声がひっくり返ってしまった。

ぷっと園子が噴き出した。木村は前につんのめりそうになった。フレームの外側の人々が、どっと笑い声を上げた。テラシンは一気に脱力してしまった。

「笑うな！」森田が怒鳴った。そう言う彼もほっぺたで笑いをどうにか食い止めている。ベテランの為せる技だ。すいません、と詫びるも、園子も木村もいっこうに笑いが収まらない。

ゴウは、がばっと立ち上がって、こらえ切れずにセットの外へ飛び出した。

「あ、おい。ちょっと、監督！」森田が呼び止めたが、あっという間に出て行ってしまった。

「何だ、どうしたんだよ？」

「今朝から下痢が止まらないそうです」しらっとして吉田が答えた。「はい皆さあん、監督のトイレ待ち〜」

はあい、と一同応答する。

「……ゲーリー・クーパー」

森田のつぶやきに、またもや笑いが起こった。テラシンもつられて笑ってしまった。

大戸の脇の通用口がそっと開いて、魔法瓶と風呂敷包みの重箱を提げた淑子が姿を現した。

それに気づいたテラシンが、（淑子ちゃん、こっち）と手招きした。淑子はそろり、そろりとセットに近づいていった。

「ゴウちゃん……じゃなくて、監督はどこ？」

淑子が小声で尋ねると、テラシンは頭の上を指差した。え？　と淑子はその方向を見上げた。

セットの中に組み立て《イントレ》足場が作られてあり、その上にカメラマンとゴウが上がっている。演じる園子と木村を真上からカメラでとらえようとしているようだ。ゴウの指示に従って、園子と木村が動きを確認している。わあ、と淑子は小さく声を上げた。

「あんなふうにして撮るのね。すごい……」

「いや、あんなふうには撮らないんだけどね、普通は」テラシンが小声で説明した。

「ゴウ監督は斬新なアングルを探ってるみたいだよ。なんせ、いままでにはなかった映画にしたいって意気込みがあるからね」

　イントレの上では、ビューファインダーを手にした監督とカメラマンの意見が食い違っているようだ。

「この俯瞰《ふかん》でとらえたいんです。このアングルが大事なんですよ」とゴウ。

「やっぱりダメだよ。何が言いたいのかわからない」と森田。ため息をついている。ゴウは懸命に説明した。

「つまり、このふたりは形式的な夫婦でしかない、愛はもはや不毛であるということを、上からのショットによって、客観的な視点で表現したいんです」

「理屈はわかるけど……画に無理がある。こんなヘンなポジションより、縁側から引きで室内を写したほうが安定するよ。観てるほうにもわかりやすいし」

「どこがヘンなんですか」ゴウが食いついた。森田はうんざりしている。

「全部ヘンだよ。普通じゃないだろ、俯瞰なんて。役者の表情も追えないじゃないか」

「わかりました。じゃあ、もういいです」

　むすっとして、ゴウがファインダーを森田に押しつけた。

「先輩の言う通り、平凡なロングショットにしますよ。それでいいんでしょう」

「おい、そんな言い方ないだろう」森田のほうも、むっとして言った。

「だって、森田さんは……おれの意見に反対ばかりしているじゃないですか」

怒りのあまり声が震えている。森田はゴウの肩に手を置いて、「まあ落ち着けやゴウちゃん」となだめた。

「おれは少しでもいいシャシンにしたくて言ってるんだ。だから……」

「だからもういいですって！」

ゴウは森田の手を振り払った。ステージ内はしんとしてしまった。淑子はハラハラして、独り言のようにつぶやいた。

「どうしよう。喧嘩になっちゃった」

それを耳にしたテラシンが「大丈夫だよ」とささやいた。

「撮影所で喧嘩なんて日常茶飯事だから。犬も食わないよ」

現場での意見の食い違いやぶつかり合いがあってこそ、面白い映画が生まれる。簡単に進むと思ったら大間違いだ。映画の神様は厳しくこそあれ、そんなに優しくはないのだ。

「ゴウちゃん。おれは、君のためによかれと思って言ってるだけだよ。な？」

森田がゴウの腕を取った。ゴウはもう一度その手を振り払おうとした。――と、その瞬間。

――あっ。

叫ぶが早いか、バランスを崩したゴウの体が宙を舞った。

テラシンは息をのんだ。淑子が金切り声を上げるのが聞こえた。園子は両手で顔をふさいだ。

派手な音を立てて、ゴウはセットの床に落ちた。ぴくりと体を震わせて、動かなくなってしまった。

「ゴウちゃんっ！」ひと声叫んで、テラシンが飛び出した。

「ゴウちゃん！　しっかりしろ、ゴウちゃん！」

「監督っ！」

「おい、救急車！　早く！」

ステージ内は騒然となった。

『円山ゴウ組、本日の撮影は中止となりました。繰り返します、円山ゴウ組……』

撮影所内に設置されているスピーカーからアナウンスが流れている。けたたましいサイレンの音が、遠くから次第に近づいていた。

6

試写が終わったあとの映写室で、テラシンとゴウが向き合っている。

テラシンは険しい面持ちだ。ゴウは右腕をギプスで固め、首から吊っている。額と頬の大きな絆創膏《ばんそうこう》が痛々しい。

〈キネマの神様〉クランクインの日、イントレから落下して大怪我をした。全治三ヶ月。結果、円山ゴウ初監督作品は「お蔵入り」になった。

「――辞めるって……本気なのか？」

ゴウは、撮影所所長のもとへ出向いて辞表を出してきたばかりだった。所長は苦虫をかみつぶした顔で、思いとどまるように言い含めたが、ゴウの決心が固いと知って、結局受理したのだった。

ゴウは苦しげな笑顔を作って、

「ああ、今日限りで出ていくよ。所長も最初は慰留したけど……最後は呆れてたわ。ハハ」

さばさばして見せた。強がりを言っている。テラシンにはゴウの心の動きが手に取るようにわかった。

「そんなやけくそみたいなことを言っちゃだめだよ、ゴウちゃん。いままでの努力はどうなるんだ。君には才能があるんだぞ」

ゴウは、ふん、と鼻で嗤《わら》った。

「才能なんて……そんなもん、おれにはこれっぽちもないよ。出水さんや小田さんの何十分の一もない。監督として現場に立ったのは一度だけ。それだけでも……思い知ったよ」

「そんなことないって」テラシンは声を張り上げた。

「あの作品、〈キネマの神様〉は君にしか書けないホンじゃないか。スクリーンから俳優が抜け出してくる、虚構と現実の境界線を軽やかに飛び越える、そんなアイデアは出水さんや小田さんからは絶対に出てこないよ」

「あんなもの……ただの思いつきでしかないさ」ゴウはなおも自嘲した。

「自分が演出する段になって、ようやくわかったんだ。あんな突拍子もない子供だましのアイデアが通用するはずがない。あれじゃ映画じゃなくてまるっきり漫画だよ」

「違う、違う。漫画なんかじゃない、あれこそが新しい映画だ。映画の新しい可能性だ！」

テラシンは必死になった。どうしても、どうしてもあきらめてほしくはなかった。

どうしてそんなに必死になるのだろう？

観てみたいからだ。いままでに観たこともない映画を。

斬新な筋書き、登場人物の心理をあぶり出すアングル、スクリーンの中へと一気に引き込まれるような映像。「終」の一文字が現れて、館内の照明が点《とも》されたとき、席を立つのが寂しく感じられるほど、「あっち」の世界へ連れ出してくれる映画。

〈キネマの神様〉は、きっとそんな映画になる脚本だ。そういう映画を、きっとゴウは撮れるはずなのだ。

ここであきらめたら、一生後悔する。だから――。

「ありがとう、テラシン。……お前、ほんとにいいやつだな」

ぽつりとゴウが言った。すべてをあきらめた口調だった。

「淑子も……おれなんかじゃなくて、やっぱりお前と一緒になったほうが幸せになれるよ」

「どういう意味だ？」テラシンは、ゴウをきっとにらんだ。

「淑子ちゃんをどうするつもりなんだ？　君が入院しているあいだ、あんなに健気に、献身的に看病していたじゃないか」

「もうこれ以上、あいつを巻き込むことはできないよ。おれはあいつを幸せにしてやれない」

ゴウは断言した。それから、急に居住まいを正して言った。

「テラシン。……淑子のことを頼む。おれは、故郷《くに》に帰って親父の工場を手伝おうと思う。

あいつを連れていくことはできないから、お前に……」

テラシンは、いきなりゴウの襟首を引っつかんだ。

「それ以上言うな。……怪我をしてなかったらぶん殴ってやるところだ」

ゴウの目に光るものがあった。はっとして、テラシンは彼を離した。

ゴウは口を真一文字に結んで、テラシンに向かって深々と一礼した。それから、傍らの映写機に向かっても静かに頭を下げた。

そのすべてを、テラシンは背中で感じていた。

涙が溢れた。だから、振り向かなかった。外階段を力なく下りていく足音を、もう追いかけはしなかった。

店仕舞いをした「ふな喜」の小上がりに、淑子と女将の若菜が並んで正座している。

上がり口に腰かけている出水が、両切りタバコを缶から取り出して口にくわえた。マッチを擦《す》ろうとする女将を「いいから」と制して、出水は自分のライターで火をつけた。

「明日からロケでしばらく留守にするから、どうしても今日中に淑子に言っとかなくちゃと思ってな。こんな時間に来てしまったんだけども」

煙を吐き出して、出水は続けた。

「君がお母さんの反対を押し切って、岡山に帰ってしまったゴウのところへ行って、これから苦楽を共にして生きていく。おれの映画ならそれでハッピーエンドにするところだけど、これは映画じゃないんだ。ゴウはいいやつだよ。だけど淑子を幸せにできるとは、おれは思わない。ゴウと一緒になったら、『苦楽』を共にするんじゃなくて、『苦苦』を共にすることになるのは目に見えている。考え直したほうがいい」

「余計なお世話です」淑子はきっぱりと言った。

「淑子！　先生はお忙しい中わざわざ来てくださってるのに！」若菜が怒鳴りつけた。

「母さんは黙ってて！」淑子も負けずに声を上げた。

「ゴウちゃんはいま、誰かがそばで支えてあげないとだめなんです。私がいてあげないと。私、ゴウちゃんに幸せにしてもらおうなんて思ってない。私が……私が、あの人を幸せにしてあげるの。だから……」

淑子の目に涙が溢れた。若菜が何か言おうとしたのを振り切って、小上がりを飛び出し、二階へ駆け上がっていった。

「先生、すみません」出水に詫びてから若菜が追いかける。二階から母娘が言い合う声が聞こえてきた。

「淑子！　あんな言い方をして！　ごめんなさいって言いなさい！」

「いやっ！」

「この子はっ！」

出水は微笑んだ。

いい娘だ、とつぶやいて、タバコを灰皿で揉み消した。それから、そっと店を出ていった。


人気《ひとけ》のない夜の街道を、横浜に向かって空色の車が走っていく。

左ハンドルの運転席には、絹のスカーフを頭に巻いた園子。助手席には、地味な木綿のスカーフを頭に巻いた淑子がいる。

ヘッドライトが心細く照らし出す先を見やりながら、淑子は「ごめんなさい、園子さん」と、もう何度めだろう、あやまった。

「こんなこと、お願いしてしまって……」

その夜、小さなボストンバッグをひとつ提げて、淑子は店を出た。若菜が寝てしまったあとのことである。カウンターの上に書き置きを残してきた。撮影所前に園子が車を停めて待っていてくれた。淑子の逃避行に手を貸してくれる約束だった。

「いいのよ。私、何だかドキドキしてるの。映画の世界ならこんなこと、いくらでもあるでしょうけど。現実なんだものね」

園子は横顔で笑った。淑子は肩をすくめた。

淑子だって胸が張り裂けそうなほどドキドキしている。自分でもびっくりするほど大胆なことをしようとしているのだから。

これから横浜まで行って、駅前の宿で一泊する。明日朝一番の列車に乗って、岡山を目指すのだ。

ゴウには手紙を書いた。あなたのところへ飛んでいきます、と。――ダメと言われても、もう決めちゃったの。私にはあなたしかいません。あなたにも私しかいないと信じて行きます。きっと受け止めてね。お願いです。

手紙は今日あたり届いて、ゴウはさぞかし驚いていることだろう。怒られるかもしれない。帰れ、と言われるかも。それでもなんでも、そばにいさせてもらおう。ずっとそばに。

――そう決めていた。

「淑子ちゃん。あなた、きっと後悔するわよ。こんな大それたことしちゃって」

からかうように園子が言った。淑子は「そうかもしれません」とすなおに応えた。園子は微笑を浮かべた。

「ゴウちゃんと一緒になったら後悔する。だけど、一緒にならなくても後悔する。どっちの後悔を選ぶかよ。それが人生ってものじゃないの」

淑子はまっすぐに前を向いたまま、

「だったら、私は……一緒になって後悔するほうを選びます」

そう言った。

車は横浜駅前に到着した。淑子は助手席から降り、運転席のほうへ回り込むと、園子に向かって頭を下げた。

「ほんとうにありがとうございました。私……このことを一生忘れません」

「私もよ。忘れないわ」

園子はハンドルの上に両手を載せていた。ほっそりした左手首の上できらめいている金色の腕時計を外して、

「これ、お餞別《せんべつ》。困ったことがあったら、お売りなさい」

淑子の手の上に載せた。

「そんな。……いただけません、こんな高価なもの……」淑子が戸惑うと、

「いいのよ。受け取ってほしいの」園子がさえぎった。

「私ね、あなたがうらやましいのよ。誰かのために、そんなに一生懸命になれるなんて。ゴウちゃんは幸せ者ね。ちょっぴり妬《や》けるわ」

フフフ、と笑った。淑子はこみ上げる涙をこらえて、ひとつ、うなずいた。

「ゴウちゃんに伝えて。淑子を幸せにしなかったら、私が承知しないからね、って」

「――はい」

涙がひとすじ、つややかな頬を伝って落ちた。園子は見ないふりをして、アクセルを踏んだ。

街灯に縁取られた駅前の道を、空色の車が走り去っていく。テールランプが角を曲がって見えなくなるまで、淑子はひとり、夜風の中に立ち尽くしていた。

二〇一九年（令和元年）十一月
東京　武蔵野

7

がらんとした客席。スクリーンに「終」の一文字が浮かび上がり、やがて消え去った。場内の照明がふっと点る。

照明が点るタイミングは、とても大切なのだ——と、テラシンは常々スタッフに教えている。観客は映画にのめり込み、完全に「あっち」の世界へ行ってしまっている。そしてエンドロールが流れるあいだに——古い映画ならば「終」の一文字のあとに——「映画」という名の旅から帰ってくる。現実の世界へ戻った観客がほんのひととき見た夢を、決して壊さないように。旅の終わりにふさわしい照明の点り方は、夜明けの訪れのように、静かに、ごくおだやかに、ゆっくりと——。

会場にはたったふたりしか観客がいない。空席をひとつあいだに挟んで、同じ列に座っている老年の男女。そのうち、男のほうの上半身がぐらりと揺れて、隣の席へずるずると倒れていった。その様子を眺めていた女性は、おもむろに立ち上がると会場を後にした。

テラシンは映写室で、たったいま上映を終了した出水宏監督作品〈あの人のおもかげ〉のフィルムの巻き取り真っ最中である。ノックの音がして、淑子が顔をのぞかせた。

「よお。ふたりのための特別上映会、どうだった？」

テラシンはにやりとして訊いた。淑子はちょっと困った笑顔を作った。

「昭和の名匠シリーズ」と銘打って、「テアトル銀幕」では先月から出水監督作品の連続上映が始まった。その日の朝、目下家出中《もっか》でテラシンの自宅に身を寄せているゴウに、やっぱりどうしても出水さんのあの映画が見たい、特別にかけてくれないかと頼み込まれた。日中はパートの淑子と鉢合わせになるから、終演後に一回だけかけてほしいと。テラシンは、よっしゃわかった、と引き受けた。そして、出勤してきた淑子に、今日は仕事のあと帰らずに残って映画を観ていくようにと伝えた。「特別上映会」をやるからと。

不思議に思いつつ、淑子が客の出払った客席の片隅で待っていると、ポケットに缶ビールを隠し持ったゴウがやって来て、いつもの席に座った。淑子はひとつ空けてとなりの席へこっそり移ると、お父さん、と声をかけた。缶ビールを飲みかけていたゴウは噴き出した。そして映写室の小窓を見上げると、おいテラシン、お前仕組みやがったな、と叫んだ。テラシンは、笑いをかみ殺して、『それではふたりで仲良く観ていってください』と場内アナウンスのマイクを通して言ってやったのだった。

「ゴウちゃん、最後、寝ちゃったわ」

淑子が呆れて言うので、テラシンはくっくっと声を立てて笑った。

「やっぱりね、出水作品はいい映画なんだなあ。ゴウちゃん、いい映画ほど眠くなる、なんて言ってたこともあるんだよ」

淑子はすなおに笑えないようで、

「もう二週間もお世話になってしまった上に、特別上映会までしていただいて……すみません」

そう言って詫びた。

ゴウは、歩にキャッシュカードを取り上げられたのをきっかけに家を出てしまったのだが、その二時間後にテラシンから歩に連絡が入った。お父さんはしばらくうちにいると言ってるから心配しなくてもいいよ、と。翌日、淑子が出勤の際に着替え一式と血圧の薬を持参してテラシンに預けたのだった。

「そろそろ、あいつもおっさんのふたり暮らしに飽きてきただろうから、ぼちぼち帰るだろう。心配しなさんな」

テラシンはニコニコしている。淑子は恐縮しきりだったが、任せるほかはない。

ロビーへ出た淑子は、左手首できらめいている金色の腕時計を見た。時計の針はすでに夜十一時を回っている。

量販店のセールで買った安物の服ばかり着ている彼女には不釣り合いな高級時計である。どんなに生活に行き詰まろうとも、これだけはと守ってきた。五十年まえのあの夜、桂園子から贈られた時計は、淑子にとってかけがえのない宝物であり、「お守り」だった。

帰るまえにもう一度客席へ行ってみると、ゴウはいびきをかいて眠っている。淑子は肩を揺さぶった。

「ちょっと、お父さん。いい加減にしなさいよ」

うーん、と目を開けたゴウは、淑子を認めると、右手を差し出して、

「金、置いてってくれ」

などと言う。淑子はその手をピシャリと叩いた。

「あなたがいつどこで死んだって、私、知らないからね！」

その様子を映写窓からのぞき見ていたテラシンは、相変わらずだなあ、とくすくす笑った。――喧嘩するほど何とやら、である。


中央線が駆け抜ける線路脇の道を、歩が重い足取りでたどっている。

ここ数週間、この道を軽やかな気分で歩いた記憶がない。駅へと続くこの道は、十五年ものあいだ歩の通勤路だった。が、今月からはハローワークへの通い路となった。専属契約のライターとして勤め続けた出版社から、契約を更新しないと通達されたのは、父が家出をした翌日のことだった。すぐに働き口をみつけなければ、家のローンの返済もまだ残っているのだ。

仕事を探し始めてすぐに年齢の壁に阻まれた。ほとんどの正社員募集が「三十五歳まで」となっている。最初は、正社員で、いままでの年収に近い給与で、出版社かマスコミで……と、どうせ再就職するならキャリアを活かしたい、などと思い描いていたのだが、年齢の上限を十歳も過ぎている自分には、職種もステイタスも年収も選ぶことは許されないのだと、探し始めてすぐに思い知った。

こうなってみると、いまや働き口の心配もせず、家族の食い扶持《ぶち》もローンの支払いも気にかけず、自分の収入のすべてをギャンブルと酒と映画に消費してきた父の生き様が、うらめしいのを通り越してうらやましい気すらしてくる。どんなにひどい目にあわされても、母は父を決してあきらめなかったし、いまはテラシンのところに身を寄せているということだが、困ったときに助けてくれる友人もいる。自分は失業の憂き目に遭っても何とか父を再生させようと知恵を絞る辛抱強い娘もいる。何という恵まれた人なのだろうか。

それにしても、何でさっさと離婚しなかったんだと、ことあるごとに母をなじってきたものの、歩自身、不思議なことに、心底父を憎んだ記憶がなかった。

少女の頃、歩とゴウは仲良しだった。ゴウは歩にとって、「映画」というわくわくする夢の世界へ連れていってくれる水先案内人だった。映画以外でも、何か面白いことを教えてくれたり、欲しいなあと思っていたおもちゃや本を買ってきてくれたり、歩の心をちゃっかりつかんでしまう、それが父だった。セールスの仕事で出張に行けば、必ずお土産を手に戻ってくる。だから歩は、いつだって父が帰ってくるのが待ち遠しかった。

大人になってからは事情が変わった。離婚して子育てを経験した歩は、淑子の苦労にいっそう心を添わせるようになった。酒と借金で家族に迷惑をかけるばかりのゴウを厄介に感じ、喧嘩してゴウが出ていってしまったときには、いっそ帰ってこないでほしいと願うこともあった。そのくせ、どこで何をしているのやら、お金もなくてひとり寂しく公園のベンチででも過ごしているのかと思ったりすると、急に動悸《どうき》がして、心配でいたたまれなくなってしまう。二、三日して、雀荘で三徹麻雀してきたとかでげっそりやつれて帰ってくると、ほっとするのと同時に、新しい怒りが込み上げる。そんなことが繰り返されてきた。

——この人がひとりっきりでしょんぼり生きていくのか、って思うと、なんだかかわいそうでね……。

なぜ離婚しないんだと問い詰めたとき、母が言っていたひと言。それは、実は歩の心情そのものだった。

なぜかはわからない。けれど、どんなに不義理をされても、歩はどうしても憎み切れないのだ——あの父を。

「ただいまあ」

パンプスを玄関に脱ぎ捨てて、家の中へ入っていく。台所では淑子が夕食の支度中だった。

「おかえり。どっかの会社から通知がきてるわよ。テーブルの上」

かるたの払い手のようにして、歩は封書に飛びついた。急いで封を開ける。「不採用」通知だった。面接までこぎつけた唯一の会社だっただけに、歩の落胆は大きかった。

「ああ、もうダメかも。四十女子を雇ってくれる会社なんて、この世界に存在しないんだわ……」

「いい年して『女子』なんて言うのやめたら？」淑子が何気なく言った。母の天然のツッコミが傷心にグサリと刺さる。

ガラリと隣室の引き戸が開いて、勇太が顔を出した。

「ねえ。おじいちゃんはいつ帰ってくるの？」

唐突に訊いてきた。「知らないわよ」と歩は、冷蔵庫から缶ビールを取り出してプルトップをプシュッと開けた。飲まずにはいられない気分である。

「テラシンのおじさんのところにいるんだよね。僕、話したいことがあるんだけど」

「話したいこと?」野菜を刻む手を止めて、淑子が振り向いた。「おじいちゃんに?」

勇太がうなずいた。歩はビールをぐびぐびと飲んで、ぷはーっと息を吐いた。

「あんたたち、ほんっと仲良しよね。あのろくでなしのおじいちゃんのどこがそんなにいいと思うの?」

「確かにろくでなしかもしれませんが、おじいちゃんにはすごい才能があります」

意外なことを言う。淑子と歩はきょとんとしてしまった。

「才能……?」と淑子。

「競馬と麻雀に敗ける才能?　いや、家族に迷惑かける才能か」と歩。勇太はうんざりした表情を作った。

「とにかく、今日帰ってこなかったら、僕、迎えにいってきます。早く話がしたいから」

そう言って、ピシャリと引き戸を閉めた。淑子と歩は顔を見合わせた。

コンコン、とサッシ戸を叩く音に気づいて、机でパソコンに向かっていた勇太ははっとした。

画面の時刻表示を見ると、二十三時を回っている。立ち上がって恐る恐る掃《は》き出し窓へ近寄る。開ければそこは墓地である。子供の頃から慣れ親しんだ風景ではあるが、この時間に窓をノックされたらさすがに薄気味悪い。

カーテンの隙間のサッシ戸に、人影がぼんやり映っている。勇太はぎょっとした。が、白いあご髭《ひげ》とキャップを被っているのがわかり、「あ」とつぶやいて、すぐさま掃き出し窓を開けた。

「よお、元気だったか」

卒塔婆を背景に、ゴウが立っていた。勇太は止めていた息を放った。ゴウは汚れたスニーカーを両手に、抜き足差し足、部屋の中に侵入してきた。まるでコソ泥である。

「なんでお墓の方から入ってくるんですか」

勇太の質問に、ゴウは鼻の頭をぽりぽりと掻いて、

「まあ、あれだ。表玄関から入ったら、ばあちゃんとかあさんにとっ捕まって、またなんだかんだ言われそうだからな」

と言い訳をした。

「それに、おれはお前に会いに一時帰宅したんだ。今日テラシンに言われたんだよ。お前

から連絡があったとかで、お前がおれと話したがってるから帰ってやれ、って。……話ってなんだ？」

勇太は黙ってゴウをみつめている。ゴウは気まずくなったのか、

「おれのほうから先に話してもいいか？」

と訊いた。「どうぞ」と勇太が答えた。

「おじいちゃんはな、ゆうべ夢を見たんだ。どんな夢かわかるか？」

「いえ、わかりません」

「そうだろう。うん、そりゃそうだな」とゴウはうなずいて、

「よぉく聞けよ。おれが池で釣りをしているんだ。ぽちゃんとカエルが飛び込む水の音が響き渡るほど静かな池だ。その澄み渡った水面を、真っ白い蛇がツツーッとこっちへ泳ぎ渡ってくる。真っ赤な目でおれを見据えると、次の瞬間、シャーッと飛びかかっておれの腕に食らいつきやがった！　おれは、うわーっとなって目が覚めた。いいか、白蛇ってのは博打の神様なんだ。その神様に食いつかれたってのは、最高の金運が巡りくるってこと、つまり大穴がくるってことなんだよ。わかったか？　わかったら金貸せ」

勇太はぷいと横を向いた。ゴウは食い下がった。

「いや、今度は絶対なんだ。いままでもお前になんだかんだで借りを作ってきたけど、今

度こそ絶対損はさせない。いままでの分もまとめて返すから。明日、ちょっと大井《おおい》競馬場まで行って、ドカンと当ててくるから。な、頼む。貸してくれ」

勇太はダンマリを決め込んでいる。博打の神様のお告げがあったんだぞ。貸すのか、貸さないのか」

「何とか言えよ、勇太。博打の神様のお告げがあったんだぞ。貸すのか、貸さないのか」

「貸しません」

「ううう〜ッ！」ゴウは天井を仰いだ。

「じゃあ、今度は僕の番です」ゴウの悶絶《もんぜつ》などまったく気にも留めずに、勇太が言った。

「何の番だ？」ゴウが訊くと、「僕が話す番」と答えた。

「そうだった。お前はおれに話があるんだったな。ギャンブルやめろって話ならごめんだぞ。お前のばあちゃんとかあさんから散々聞かされてるんだから」

「違います。おじいちゃんにはすごい才能があるって話です。もしかしたら天才かも、っていう……」

唐突に持ち上げられて、ゴウは目をぱちくりさせた。

「どうした勇太。お前、どっかで頭打ったのか」

勇太は机の引き出しを開けると、黄ばんだ冊子を取り出して、差し出した。ゴウはその表紙に目線を落とした。

円山郷直　第一回監督作品　キネマの神様

「あ」とゴウは声を上げた。

「おれが昔書いたホンじゃないか。なんでお前がこれを持ってるんだ？」

「このまえ『テアトル銀幕』に行ったとき、テラシンのおじさんが貸してくれたんです。おじいちゃんはほんとに助監督だったんですか？　って聞いたら、ほんとだ、って。それどころか、自分で脚本を書いて監督をする予定だった幻の映画があるんだ、って。それでこれを渡されたんです。僕、びっくりしました」

「へえ……」ゴウはなつかしそうにページをめくっている。

「あいつ、後生大事にこんなもの持ってたのか。……で、お前、これ読んでみたのか？」

勇太は力強くうなずいた。が、ゴウは鼻でせせら笑った。

「こんなもん、ＳＭＬだとかインスタントグラマーだとか、そういうのに慣れたお前の目から見たら、さぞかし古くせえだろうな」

「そんなことありません」勇太はすぐさま否定した。

「すっごく面白かった。僕、最後まで一気に読みました」

「ええ？　マジか？」ゴウがびっくりすると、

「はい。マジです」勇太が生真面目に答えた。

「どこが面白かったんだ」

「それぞれの人物のキャラが立ってる。ユーモアがある。特にあそこ……ほら、付箋貼ってあるでしょ、二十一ページ。スクリーンの中のスター・正樹《まさき》が、彼に憧れる主婦・和子《かずこ》が座っている客席へ飛び出してくるところ！　おじいちゃん、よくこんな面白いアイデアを思いつきましたね」

古びた台本には黄色やピンクの付箋がたくさん貼ってあった。勇太はシーンナンバーとそのページ数を正確に言い当てられるほど読み込んだようだ。ゴウはへへへ、と照れ笑いをした。

「あれはな、アメリカの喜劇俳優、バスター・キートンが主役の無声映画にヒントがあったんだ」

ふうん、と勇太はキートンには無関心で、すぐさま切り返してきた。

「で、これ……幻の映画って、テラシンのおじさんが言ってたけど。主演はあの大女優の桂園子に決まってたんでしょ？　なんで完成しなかったの？」

ゴウは、ううむ、とうなって両腕を組んだ。

「お前すごいな、なんでその年で桂園子を知ってるんだ？」

「そりゃあ知ってるよ。おじいちゃん、僕が小一の頃から桂園子が出てる映画をやたら見せたじゃないか」

「え、そうだっけ？」全然覚えていない。ゴウは自分が好きな映画を孫にも見せてきただけなのである。

「とにかく。なんで映画完成しなかったの？」

勇太がもう一度訊いた。ううむ、とまたゴウはうなった。

「それは……それはあれだ、その、正樹役の新人俳優が、緊張のあまりカチンコチンになっちまってだな。撮影初日に腹をこわして、トイレに何回も駆け込みやがって、その上、セットの階段から転がり落ちて大怪我して……ああこりゃもうダメだと、さすがのおれもあきらめたんだよ」

「え、マジで？」勇太がびっくりすると、

「はい。マジです」ゴウが生真面目に答えた。

「もったいないなあ。こんなに面白い脚本……これ、傑作ですよ」

「えっ。いま、何て？」ゴウが聞き直すと、

「傑作です」もう一度勇太が言ってくれた。

孫に褒《ほ》められたのは初めてのことだった。ゴウはほとんど泣きそうになった。すっかり気分が上がってしまい、そうかそうか、ケッサクか、とにやけている。勇太はパソコンの前に座り直し、キーボードを叩き始めた。

「おじいちゃん。僕の話っていうのは、これです。――この脚本を書き直して、大穴を狙うんです」

ゴウは自分の耳を疑った。孫の口から「大穴を狙う」のひと言が飛び出したのも初めてのことだった。

「この脚本が馬券に変わるのか？　どうやって？」

「まさか、そんなわけないでしょ」呆れたように勇太が言った。

「おじいちゃん、『木戸賞《きど》』って知ってますか？」

「え？　……ああ、もちろん、知ってるけど……。それがどうした？」

木戸賞とは日本で最も権威ある脚本賞で、新人脚本家の登竜門になっている。脚本家を目指す者であれば、誰であれ「いつかは」と憧れる賞だ。毎年十二月末が一般公募の締め切りで、発表は翌年二月。賞金は百万円。受賞作はほぼ百パーセント映画化され、受賞者は一躍時《とき》の人となる。

「応募するんですよ、木戸賞に。僕、手伝いますから。これ全部、パソコンで清書します」

勇太に言われて、ゴウはぽかんとしてしまった。

――木戸賞に？　こんな古くさい脚本で？

「いや、いやいやいやまさか、まさかそんな。笑われるのがオチだろ、こんな大昔のホンなんか……」

「だから、古くさく感じられるところは現代風にアレンジするんです。そこんとこは僕がやりますんで」

「とは言ってもなあ……」

「百万円ですよ、百万円！　白蛇のお告げはこっちの大穴だと僕は思います」

ゴウはぴくりと眉毛を動かした。ホコリを被った脚本が大穴だと言われてもピンとこないが、老いては孫に従えと言うじゃないか。ここはひとつ、勇太の予測に賭けてみるとするか。

「そうだな。お互い時間だけは売るほどあるしな」

「そうですよ、やりましょう」勇太の顔に光が差した。

「じゃあ、僕、パソコンに入力していきますから。シーン1から」

「へ？」

「読んでください。早く！」

「はい！」

ゴウは正座して、台本を両手で広げ持った。

「えーと、シーン1。和子の家。初春の朝、郊外に建つ瓦葺《かわらぶ》きの一軒家……」

「一軒家をマンションに変えましょう」

「なるほどね、そういうことか」

「ぶつぶつ言ってないで次！」

「はい！」

台所では、水を飲みに階下へ降りてきた歩がパジャマ姿で突っ立っている。しばらく勇太の部屋でのやりとりに耳をそばだてて、

「何やってんだか……」

込み上げる笑いをこらえて、二階へ戻っていった。


街なかにクリスマス・ソングが流れる季節がやって来た。

台所では、淑子がせっせと鶏の唐揚げを作っている。テーブルに頰杖をついて、歩はぼんやりと母の後ろ姿を眺めている。

「歩、お皿にレタス敷いてくれる？」振り向かずに母が言う。「ザルに上げてあるから。トマトもね」

「はーい」と答えて、歩はのっそり立ち上がった。就職活動を始めて約二ヶ月、未だに決まらない。崖っぷちを通り越して、ほとんどやけっぱちになっている。年内に就職先をみつけられなかったら、近所のスーパーのレジ係か弁当屋のパートか、募集の張り紙は確認しているので、とにかく働き始めなければとは思っているのだが。

皿に敷いたレタスの上に、淑子が揚げたての唐揚げを手早く盛り付けていく。食堂の娘だったからか、料理の手さばきはすごいんだよな、などと歩は考える。お父さんの後なんか追いかけないで、そのままお店に留まって、テラシンさんと結婚したら、さぞや幸せになっただろうに。でもそうなってたら、私も勇太もこの世には存在してなかったのか……。

「じゃ、これ、勇太の部屋に持っていって」盛り付け終わって、淑子が言った。歩は、はいはい、と盆の上に唐揚げの皿を載せ、ご飯と味噌汁をそれぞれふたつ載せて、隣室の戸をコンコン、とノックした。

「おじいちゃん、勇太。ご飯だよ」

ワハハ、あははと笑い声がする。歩はガラリと引き戸を開けた。

前のめりでパソコンにかぶりついている勇太と、その横で頭に手拭いで鉢巻きをしているゴウが、さもおかしそうに笑い合っている。ゴウは台本を膝の上に伏せて、「よし、じゃあ次が肝心かなめのシーンだ」と、居住まいを正した。

「正樹、和子の耳元でささやきかける。スクリーンの中からいつも君を見ていたよ。こんなに近くで話せるなんて、ああ、まるで……夢みたいだ……」

「ちょっと。お父さん」歩が声をかけた。が、ゴウは情感を込めてセリフを続ける。

「君のそばにどんなに行きたかったか……わかるかい、この熱い胸の鼓動……」

「ちょ、待ってよおじいちゃん。そんなのストレートすぎて恥ずかしいよ」

勇太が止めた。ゴウは我に返って、「そうか？　じゃ、どうすりゃいいんだ？」と訊いた。

「こういうのはどうかな。正樹、和子の耳元でささやきかける。君って独身？　いえ、結婚してます。そうなんだ。……で、いま幸せなの？　和子、寂しげに首を振る」

「おお！　いいじゃないか、めちゃくちゃいいぞ！　お前よくわかってるな、男女の機微を。童貞のくせに。よし、それでいこう」

勇太はフルスピードでキーボードを叩いている。ふたりとも、歩がそこに立っていることなどまったく眼中にないようだ。

歩は食事の載った盆をソファベッドの上に置くと、部屋を出て、後ろ手に戸を閉めた。

「さ、あったかいうちに、私たちも食べましょ」

淑子がエプロンを外してテーブルに着いた。向かいの席に座った歩は、いただきます、と手を合わせた。

「何だかなあ。あのおじいさんと孫息子は……」

味噌汁をひと口すすって、歩がつぶやいた。淑子は黙ってぽりぽりと漬物を口に運んでいたが、

「もうすぐ完成するのかしらね、〈キネマの神様〉」

待ち遠しいような声でそう言った。歩は首を傾げた。

「歳の差六十のコンビが書く脚本なんて……どうなのかなあ」

「あら、そこが面白いんじゃないの。もう五十年もまえのことだけど、私、はっきり覚えてるわよ。お父さんが顔を輝かせながら話してくれた筋書き」

言いながら、淑子も顔を輝かせている。歩は微笑んだ。

「完成まで聞くまいと思ってたけど……。ね、ちょっとだけ教えてよ。どういう内容なの？」

淑子は箸を止めて、「私から聞いたって、お父さんに言っちゃダメよ」と念を押した。どうやら話したくてたまらない様子である。歩はうなずいた。

「それがね。とっても面白いの」淑子が重ねて言った。

「わかってるって。どう面白いの？」歩が苦笑した。

てたのよ」

「主人公は既婚のきれいな女性で……そう、その主人公を桂園子さんが演じることになってたのよ」

「へえ、それはすごいね。桂園子かあ。で、その奥さんがどうしたの？」

「彼女には、真面目だけど細かいことばかり気にする夫がいて、意地悪な姑もいて……彼女が唯一、憂さを晴らせるのは映画を観ているときだけ。彼女は夫に隠れてヘソクリを貯めて、そのお金でせっせと映画館に通っているの。憧れのスターがいて、銀幕の中の彼を見るために、同じ映画を何度も何度も観にいって……」

淑子は目の前のスクリーンを見上げるようなまなざしで、幻の映画〈キネマの神様〉の筋書きを生き生きと語って聞かせた。

スクリーンから憧れのスターが飛び出してきて、主人公の女性とデートをし、ふたりは恋に落ちる。けれど主人公には辛い現実が待ち受けている。いつまでも彼と一緒にいたいけれど、帰宅して夕飯の支度をしなければならない。帰りたくない。このままいっそ、ずっと彼と一緒にいたい。彼も、君を現実の世界へなんか返さないと言う。このまま僕とスクリーンの中へ帰ろう。さあ、一緒に……行こう。

淑子が夢中で語るのを聞きながら、歩はふいに目頭が熱くなるのを感じた。

——あれ？　どうしたんだろ、私。なんか、すごい感動してる……。

若き日のゴウが創ったその話は、映画への憧れと夢、そして愛情がいっぱいに詰め込まれていた。

銀幕のスターと恋に落ちるなんて、たとえスクリーンから飛び出してこなくたって、そんなこと現実にはありっこない。誰だってわかっている。だけど、だからこそ映画なのだ。あり得ないからこそ、映画を観る。それはつまり、いっときでも現実を忘れて夢を見るのと同じことなのだ。

現実の世界は厳しい。書籍でもヒット曲でもテレビ番組でも、何かといえば奇跡、奇跡の連発だ。現実にはそう簡単に奇跡なんか起こるはずはないと、皆知っている。だからこそ、せめて架空の世界では奇跡が起こってほしいものなのだ。

連れ添い合った五十年ものあいだには、父だって母だって、あまりにも辛すぎて、これが夢だったらいい、奇跡が起これぱと、願った瞬間が何度もあったことだろう。

自分だってそうだ。いままでに何度これが夢ならいいと思ったことか。父の借金癖、自分の離婚、息子の登校拒否、雇い止め、失業。現実を思えば辛いばかりだ。そんな中、どうやって憂さを晴らし、「明日になれば」とかすかな望みをつないで生きてこられたのか。

映画だ。自分たちには映画があった。円山家の全員、父も母も勇太も自分も、映画をこよなく愛していた。辛いこと、ムシャクシャすること、どうにもならないこと。その全部を、ただひとときの映画を観ているあいだだけは忘れることができた。

エンドロールがスクリーンの中で流れて消えて、場内にふっと明かりが点るあの瞬間。どんな現実が待ち受けていても、どうにかなるだろう、と顔を上げて劇場をあとにした。生きる力、生きることをやめない力を自分たちは確かに映画から受け取り続けてきた。

一生懸命、完成しなかった映画の筋書きを語って聞かせる淑子。

隣の部屋ではゴウと勇太がさかんに意見を交わす声が聞こえている。未完成の脚本をやり直すんだと意気込むふたり。情緒たっぷりにセリフを言ったり、笑ったり、はしゃいだりしている父。まっすぐに自分の意見を言いながらも、ゴウを立てて盛り上げる勇太。

奇跡なんか、起こりっこない。辛いばかりの現実だ。

だけど、いま、この瞬間。

確かに私たちは幸せだ――。

「……っていうオチなの。ね、面白いでしょ?」

最後まで話し終えると、淑子はさも嬉しそうな笑顔になった。

歩は、潤んだ目で母をみつめて、うん、とうなずいた。

「ほんとだ。……最高に、面白いね」

途中から聞いていていなかった。それなのに、胸がいっぱいだった。

8

「テアトル銀幕」の事務室で、テラシンが神妙な顔をしてテレビの画面に見入っている。

画面には、横浜港に停泊中の大型クルーズ船の全貌が映し出されている。テレビキャスターが切迫した声で「いま入った情報」を伝えている。

『――新型コロナウィルスの集団感染が起きているクルーズ船〝ダイヤモンド・プリンセス〟で、新たに三十九人の感染が確認されました』

「こりゃあ、大変なことになったぞ」

テラシンは腕組みして独りごちた。

客の入れ込み時間である。そろそろ定位置の「お迎えポイント」に立って、やって来る客を迎えなければ……。

が、何となくモヤモヤした不安が暗雲のように胸の中に立ち込めて、気持ちが晴れない。七十八年生きてきて、こんな気持ちは初めてのことだ。このモヤモヤの原因は、季節のせいでも齢のせいでも懐事情のせいでもなく、もちろん色恋のせいであるはずもなく、感染拡大の兆しが現れ始めている新型のウィルスのせいだった。

未知のウィルスが世界で初めて確認されたのは、昨年の十二月のことである。中国の武《ぶ》漢《かん》市で原因不明の肺炎患者が確認されたが、そのときはまったくと言っていいほど世間の関心は集まらなかった。年が改まって令和二年となり、武漢を中心に中国では新しい感冒が流行しているとのニュースが流布されたが、日本人のあいだでは「中国で新型のインフルエンザが出たらしい」というくらいで、まだまだ対岸の火事であった。

一月二十三日、武漢市が中国政府当局によって突然封鎖された。そのニュースはさすがに日本でも驚きを持って伝えられたが、中国の春節となる一月下旬には、例年のごとく中国人観光客が大挙して訪日し、都心とは言えない「テアトル銀幕」がある街なかでも、彼らの姿を見ない日はなかった。だから、新型ウィルスの流行は武漢市内に限ってのことだろうと、その時点では多くの日本人がそう考えていたに違いない。

この国でも毎年インフルエンザが蔓延《まんえん》する時期であり、道行く人たちの中にマスクをつけている姿があるのは普通のことである。世の中は通常通り動いていた。いや、むしろ今年は通常ではなくなるはずだと皆思っていた。この冬を越え、春がきて、夏になれば、いよいよ東京オリンピックの開幕である。より活発に経済が動き、世の中はもっと潤う。こんな小さな名画座でも、好景気の恩恵にあずかれるかもしれない。テラシンはそう期待して、春以降は東京オリンピックが初めて開催された一九六四年公開の映画特集をシリーズ上映する予定にしていた。

二月に入ると雲行きが怪しくなってきた。すでに日本国内で新型コロナウィルスの感染者が確認され、テラシンはウィルスが身近に迫りつつある不気味さを覚えたが、それでもまだ「自分は大丈夫だろう」という思いがあった。若い頃からいま現在まで、怪我も大病もなく、めったなことでは風邪も引かない健康体である。寝込んだ記憶といえば、恥ずかしながら淑子に恋焦がれて熱を出したときくらいだろうか。

二月五日、横浜港に停泊中の大型クルーズ船「ダイヤモンド・プリンセス」号内で大規模な集団感染《クラスター》が発生し、乗客全員が船上隔離されるという前代未聞の事態となった。不気味な新型コロナウィルスは中国や日本のみならず、じわじわと世界中に感染を広げていき、日本国内でもなんとか感染拡大を水際で食い止めなければという焦燥感が漂い始めた。

テラシンのモヤモヤの原因はここにあった。クルーズ船の例を見ると、密閉空間にマスクなしで大人数が集まり飲食するのがどうやら感染に関係しているように思われる。となると、映画館もまずいのではないか。まあうちの場合は大空間にチラホラしか人がいないし、ポップコーンとドリンク以外の飲食はほぼないから、クルーズ船とはずいぶん異なってはいるのだが……。

「ダイヤモンド・プリンセス」号がアップで映し出されている画面になおも見入っている

と、突然、事務室のドアがバン！　と乱暴に開いた。テラシンは驚いて飛び上がりそうになった。振り向く間もなく、テラシンの膝めがけて倒れ込むように飛び込んできたのはゴウだった。

「ゴウちゃん⁉」テラシンは叫んだ。「おいどうした、大丈夫か⁉」

「た、て、テラシン、た、大変な、大変だっ……あ、穴あな、大穴が、き、キタッ！」

「わ、ろれつ回ってない。救急車呼びますか？」後から入ってきたスタッフの水川がテラシンに向かって訊いた。

「いや、ちょっと待ってくれ。それよりも奥さんを……パートの円山さんを呼んできてくれるか」

テラシンが落ち着いて言った。わかりました、と水川は急いで出ていった。テラシンはゴウの体を支えながら訊いた。

「どうしたゴウちゃん、何があったんだ？」

ゴウは口をぱくぱくさせて、なかなか言葉が出てこない。その代わり、手に握りしめていた雑誌をテラシンの前に差し出して、その表紙を手のひらで叩いた。テラシンは不審に思って雑誌を受け取った。

「『映友』……ってこれ、歩ちゃんがつい最近まで編集部に勤めてた雑誌じゃないか。これがどうした？　まさか歩ちゃん、出戻りになったのか？」

ゴウは頭をぶんぶん振って、「違う、違う！」とようやく叫んだ。テラシンの手から雑誌を奪い返すと、

「ここ！　ここ見てくれ、ここ！」

ページを開いてもう一度突き出した。テラシンは眼鏡を持ち上げて、そのページに視線を落とした。

第四十八回　木戸賞　大賞　受賞作
〈キネマの神様〉　円山郷直

はわっ、とテラシンは口を開けた。が、驚きのあまり声が出てこない。

「お……おお、あ、な……」

ようやく言葉を押し出した。ゴウが目を輝かせた。ふたりは同時に大声を張り上げた。

「キタ――――――ッッッ!!」

ちょうど事務室に入りかけていた淑子は、ふたりの雄叫びを聞いてびっくりである。ゴウとテラシンは肩を叩き合って飛び跳ねんばかりに大喜びだ。

「ちょっ……どうしたの？　お父さん？　テラシンさんも……」

「淑子ちゃん、すごいことになったよ！　ゴウちゃんがついにやらかしたよ！」

テラシンの言葉に、淑子は、えっと身を硬くした。

「やらかしたって、まさか……何か悪いことでもしたの？」

「違うよ、馬鹿！」ゴウは怒って見せたが笑みがこぼれ出るのを止められない。テラシンは淑子を椅子に座らせ、自分の老眼鏡をかけてやった。それから、彼女の膝の上にさっきのページを開いて載せた。淑子はそのページを凝視した。

「木戸賞、大賞……〈キネマの神様〉……円山郷直……え？　こ、これ……お父さん……？」

顔を上げてゴウを見た。それから、テラシンを見た。ふたりの上気した顔は喜びで輝いている。淑子は立ち上がったが、足元がふらついてしまった。ゴウがあわてて手を差し伸べて体を支えた。

「まあ、ほんとに……ほんとに、やらかしちゃったのね。お父さんたら、もう……びっくりさせて……」

淑子は言った。感激で声が震えていた。

ゴウは淑子の背中に手を当てたままで、黙ってうなずいた。その目に光るものがあった。

テラシンはそっと事務室を抜けて廊下へ出た。そして、しみだらけの天井を仰いだ。

――神様。キネマの神様。

テラシンはこみ上げる涙をセーターの袖で拭って、どこかにいるはずの神様に心の中で呼びかけた。

――やっぱり、あなたはいたんですね。いま頃になって登場するなんて、人が悪いや。

……いや、人じゃなくて神様か。

それから、ひとりでくすくす笑った。

「どうしたんですか？」近くにいた水川が尋ねると、

「いや、何でもない。何でもないよ。さあ、映写室へ行くか。仕事仕事」

二段飛ばしで階段を駆け上がっていった。


勇太の部屋で、歩は何度も何度も「映友」の「木戸賞発表」のページを読み返していた。勇太に「これ見てください」と雑誌を差し出されたとき、何の厭味《いやみ》かといぶかった。自分が数ヶ月まえまでかかわっていた老舗映画雑誌である。そこに、まさか自分の父親の名前が掲載されているとは。しかも木戸賞・大賞受賞者として、である。

最初は一瞥《いちべつ》して、勇太がいたずらで偽《フェイク》ページを作ったのだと思った。「そんなことでお母さんはかつがれないからね」と言うと、勇太は珍しく本気で怒り出した。「言っときますけど、僕、そんなにヒマじゃないんで」と。そして、こうも言ったのだ。

「お母さん、よく見てあげてよ。それがおじいちゃんの実力なんだから」

そこで初めて隅から隅までじっくりと見た。何度見ても、「木戸賞　大賞」の次の一行に書かれているのは、父の名前だった。

実は受賞の知らせは二週間まえに勇太のメールアドレスに届いていた。が、勇太は雑誌が発売されるまであえて黙っていたのだ。淑子も歩もゴウが昔の脚本を作り直していることを密《ひそ》かに応援しているものの、受賞するとはこれっぽちも思っていないと、彼は知っていたからである。メールで受賞の連絡があったと言っても信用してくれないだろうが、雑誌に掲載されれば動かぬ証拠になる。その時を待って、勇太は粛々と一切の準備を仕切ってきた。受賞を「受諾する」との返信を送り、授賞式の段取りを確認し、賞金百万円の受け取り先となるゴウの銀行口座の情報を伝え、「映友」の担当編集者を通じて審査員各位へ礼状メールを送る周到さだった。

信じられなかった。けれどそれはほんとうのこと、現実に起こったことだった。

これまで、あまりに辛い現実に直面したとき、夢ならいい、と思ったものだ。全部夢なら消え失せるのにと。けれど今度は違う。夢なら覚めないでほしいと初めて思った。

驚きも喜びも通り越して、すっかり動揺してしまっている歩に対して、勇太がしゃんと背筋を伸ばして言った。

「お母さん。僕、お願いがあるんだ」

歩は、我に返って「え？　なに？」とあわてて訊いた。

「賞金の百万円は、お母さんがキャッシュカードを預かってるおじいちゃんの口座に振り込まれるから、おじいちゃんが勝手に手をつけることはありません。だから、全額、おじいちゃんの借金の返済に当ててください」

歩は黙って勇太をみつめていた。その目に見る見る涙が湧いてきた。

我慢できなくなって、歩は勇太を抱きしめた。いつのまにか歩の背丈を追い越し、青年になりつつある息子を、何年かぶりで。

「いいの、借金のことなんて。私が嬉しいのはね、あんたがおじいちゃんの才能を認めて、あきらめずに最後まで引っ張ってくれたことなのよ。それにくらべて、私は……私は、あの人と縁を切れればと思ったこともある。いっそ消えてほしいと思ったことだってある。実の父親なのに……」

自分を苦しめ、母を苦しめる父。

お金は全部ギャンブルに使ってしまい、宵越しの金は持たないと嘯《うそぶ》いていた父。

口八丁で友人知人にいいことばかり言い、借金を重ねて信用をなくしてしまった父。大酒を飲んで、どこでもいびきをかいて眠り込んでしまう父。

お父さんなんか大嫌い。いなくなってしまえばいい。何度、そう心で叫んだことだろう。

だけど——。

セールスに出かけるとき、母が仕立てたスーツの胸ポケットに白いハンカチを差すのを忘れない父。

清掃の仕事で通っている公園に住み着いたホームレスの男性に、自分が行くつもりにしていた映画の前売り券をあげてしまう父。

自分も疲れているのに、バスの座席を年若い妊婦に譲る父。

さっき観てきた映画のパンフレットを広げて、どんなにいい映画だったか、年頃の娘に語って聞かせる父。

——おい歩。〈ニュー・シネマ・パラダイス〉は、絶対にディレクターズ・カットのほうがいいぞ。映画館で上映してるのは、配給会社の都合で監督の観せたいところをカットしちゃってるんだからな。

——映画はな、歩。ほんとは誰が主演かで観るもんじゃない。監督で観るもんだ。なぜって、映画っていうのは監督のものだから。だから、ディレクターズ・カットがなんと言ってもいちばんなんだよ。

――歩。お前もしんどいことがいっぱいあるだろうけど、それが人生ってもんだからな。人生は映画じゃない。都合よくカットはかからないんだ。

でも、だからこそ、人生に映画があるんじゃないか。

なあ、そうだろ？　ままならない人生をどうにかこうにか生き延びるために、人は映画を観に行くんだ。映画の中に、自分がそう生きるはずだったかもしれないもうひとつの人生を探しに。

だから、この世に映画がある限り、人々は映画館へ出かけていくだろう。家族と、友人と、恋人と……ひとり涙したいときには、ひとりぼっちで。

なあ歩。ひとりぼっちで映画、観にいくのもいいもんだぞ。

だけど、ひとりで行きたくないこともあるよな。そんなときは、おれに声をかけてくれ。こんなダメ親父だけど……おれでよければ、いつだって、お前のとなりに座ってやるから。

――お父さん。

お父さんがいてくれたから、私がいる。勇太がいる。

お父さんがいてくれて、よかった。お母さんがお父さんをあきらめずにいてくれて、よかった。勇太がお父さんをあきらめずにいてくれて。

私たちに映画があって、ほんとうに——ほんとうによかった。

「お父さん……すごいよ、お父さん……頑張ってくれて、ありがとう……」

歩は洟《はな》をすすりながら、勇太の肩におでこを当ててつぶやいた。勇太が、ぽんぽん、と母の背中を叩いて言った。

「お母さん。それ、僕じゃなくて、おじいちゃんに直接言ってあげてください」

まったく、その通りだった。いつのまにか「エア父《ちち》」と会話していた。今度はおかしくなって、歩はくすくす笑い出した。

「泣き笑いだ。忙しいなあ」と勇太が言うので、いっそう笑いが止まらなくなってしまった。


円山家の狭苦しい玄関先に、ぎっしりとお祝いの花鉢やフラワーアレンジメントが飾られている。

贈り主の名前とともに「御祝」の立て札が刺さっている。「町内会一同」「雀荘たぬき」「シルバー人材センター会員一同」——そしてもちろん「テアトル銀幕 支配人 寺林新太郎」。

ひときわ大きな胡蝶蘭《こちょうらん》の鉢である。あいつ、無理しやがって……とゴウは、感慨深げにその鉢を両腕に抱きしめた。

夜半近く、「テアトル銀幕」友の会主催の「円山郷直・木戸賞受賞祝賀会」からゴウが帰宅した。かなり飲んだのか、足元がおぼつかない様子で、水川が肩を貸して連れ帰ってくれた。ドアを開けると、「ただいまあ〜」と上がり框《がまち》に倒れ込んだ。

「まあまあ、水川君、ご迷惑をおかけしてすみません」

淑子が出てきて、急いで靴を脱がせた。水川は、いえいえ、と首を振って、

「祝賀会のまえに、ゴウさんにお願いして、僕の友人の若手監督がシナリオを読ませて頂いたんです。すごく感激して、ぜひ映画を作りたいって話になって……」

「おれ、嬉しくってなあ。君が撮ってくれるならタダでもいいよって、言ってやったんだ」

ゴウは上機嫌である。淑子は「そう、すごいじゃないの」と微笑んだ。

「水川君。何もないけど、おつまみくらいすぐ作れるから……ちょっと寄っていく？」

「いえ、もう遅いですし、僕はこれで」水川は律儀に頭を下げて、帰っていった。

ゴウは茶の間のソファまで来ると、どさりと体を投げた。そして、夢を見るような目つきでつぶやいた。

「なあ淑子、聞いてくれるか。信じられないことが、またあったんだ」

水を入れたコップをテーブルの上に置いて、淑子がそっととなりに座った。そして、「何があったの？」と問いかけた。

「出水組で一緒だった助監督の吉田ってやつがいてさ。……ときどき『ふな喜』に顔出してたの、覚えてるか？」

「吉田さん？　もちろん、覚えてるわよ」淑子の顔が明るんだ。

「大船で〈キネマの神様〉を撮影したとき、チーフ助監督になった人でしょう？　それで、そのあと……」

言いかけて、淑子は口をつぐんだ。

初監督作品がお蔵入りになったゴウとは対照的に、吉田は大船撮影所でキャリアを重ねて監督デビューを果たし、数多くの映画を撮った。平成になる頃に大病を患《わずら》い、一線からは身を引いたが、その後映画評論家として活躍し、日本映画界の重鎮となって不動の立場を築き上げた。あまりにもゴウとは違う「その後」を生きている人物である。淑子が黙りこくってしまったので、ゴウは苦笑して言った。

「そう。最初はおれの助監督をしてたのに、そのあと監督になって、さらに映画評論家として大成した吉田健史《たけふみ》。あいつがな、木戸賞の審査員のひとりだったんだよ。それで今日、祝賀会に来てくれたんだ。おめでとう、って。あきらめずによくやったな、って……」

まあ、とひと言放って、淑子は何も言えなくなってしまった。齢のせいか、最近涙もろいのだ。エプロンの裾で目頭を押さえると、「よかったわね」と鼻声で言った。ああ、とゴウはうなずいた。

「よかったよ。ほんとうに」

大きく息をつくと、ズボンのポケットをごそごそ探って、

「それからな。こんなものを、テラシンが出してきてさ。淑子ちゃんに渡してくれって」

小さな封筒を取り出した。「何かしら」と淑子は封を開けてみた。

出てきたのは、一枚の写真だった。

二十三歳の淑子。——カメラに向かって、にっこりと笑いかけている。咲きこぼれる夏の花のような笑顔だ。

忘れもしない、あの夏の一日。桂園子が運転する空色のオープンカーに乗って、海を望む岬までドライブした。車がエンストしているあいだに、テラシンが淑子にカメラを向けて撮ってくれた一枚だ。

「あら、いやだ。テラシンさんたら、こんな写真、まだ持っていたのね」

淑子は、はにかんで言った。ゴウは微笑んだ。

「誰なんだ、その可愛い娘」

淑子がくすっと笑い声を立てた。

「さあ、誰かしらね」

「いい笑顔だな。今頃どうしてるんだろうね、この娘は」

「幸せに暮らしてるのかしら」

「しっかりした、働き者の男と一緒になってるよ、きっと」

「そうだといいわね」

「酒も飲まない、博打もしない、冗談ひとつ言えないような、真面目な男とな……」

ふいに、ゴウの目尻に涙が溢れた。写真から顔を逸らすと、

「今日は飲み過ぎた。もう寝るよ」

そう言って立ち上がり、逃げるように洗面所へと行ってしまった。

淑子は感慨深げに写真をみつめていた。

――覚えている。もう五十年もまえのことなのに、つい昨日のことのように、何もかも。

太陽のきらめき、吹き渡る風、潮の香り……園子のスカーフの色、テラシンの照れ臭そうな笑顔、そして、ゴウの弾けるような笑い声。

幸せだった。

そして、いまも幸せだ……。

と、そのとき。

ガタガタッ。

何かが倒れる音がして、淑子ははっと顔を上げた。立ち上がった膝の上から写真がはらりと床に落ちた。

洗面所の床の上に、あおむけにゴウが倒れていた。閉じたまぶたのまなじりには、涙のあとがひとすじ、光っていた。

9

二月二十八日、記念すべき朝。東京は晴天でいちだんと冷え込んだものの、日差しにはまもなく訪れる春の気配がうっすらと感じられる。どこからか沈丁花《じんちょうげ》の香りがかすかに漂ってくる。

木戸賞の授賞式の会場は都心にある高級ホテルの大宴会場だった。歩は淑子と勇太とともに正装し、精一杯めかし込んで出かけたが、会場までの道中は三人ともしっかりとマスクを着用していた。

新型コロナウィルスの感染がいよいよ拡大しつつあった。首相が全国の小中高校に臨時休校を要請すると発表して騒ぎになったのは昨日のことである。誰もがマスクやトイレットペーパーを買いに走った。マスクはわかるが、人はなぜ危機に直面したらトイレットペーパーを買いに走るのだろうか。なんとも奇妙な行動であるが、歩も例外ではなくドラッグストアに駆けつけた。すでにマスクは売り切れで、トイレットペーパーは辛《かろ》うじて一パック確保した。こんなことがいつまで続くんだろうかとうんざりしたが、インフルエンザと同様、春になれば収まるに違いない。

父の代わりに受賞スピーチを披露するという大役を仰せつかって、歩はカチンコチンに緊張していた。受付で芳名帳に筆ペンで記帳しなければならず、ものすごくブルブルした文字になってしまった。そのとなりで、勇太は臆面《おくめん》もなく持参のボールペンを取り出し、スラスラと署名している。現代っ子だなあと歩は変なところで感銘を受けた。

三人は受賞者関係者が着ける紅白のリボンを胸に飾ってもらった。関係者席に案内されるや否や、歩はすぐにトイレに立った。緊張するとやたらトイレが近くなる。いったい誰に似たんだろうか。

トイレから出てきてすぐ、廊下で「円山さん」と呼び止められた。振り向くと、「映友」編集長の大林一馬《おおばやしかずま》が立っていた。

「よお、しばらく」大林は親しげに声をかけてきた。歩は笑顔になって、「どうも、ご無沙汰しました」と挨拶をした。

大林は、歩が契約を更新できるように最後まで会社に働きかけてくれた人物である。その甲斐もなく不更新となってしまったのだが、ベテランライターの歩が退職するのを誰よりも惜しんでくれた。木戸賞の大賞受賞者が歩の父と知ってすぐ連絡をしてきて、やっぱりカエルの親はカエルだねえ、とユニークな賛辞をくれたのだった。

「事務局から聞いたけど、お父さん、入院されたんだって？」

ひそひそ声で訊いてきた。歩は小さくうなずいた。

「心筋梗塞《こうそく》で……幸い、発見が早かったので一命は取り留めたんですけど。こんな時期だし、授賞式の出席は無理だって医師《せんせい》に言われて」

「そうか。しっかり養生されたほうがいいね。お父さんのお齢は、確か……」

「七十八歳です」

「そうだった。それでずいぶんマスコミに騒ぎ立てられてたね」

「そうなんです。木戸賞最高齢受賞者、とか言われちゃって」歩は苦笑した。

「でもまあ、真面目な話、木戸賞受賞者は、受賞直後からテレビドラマとか映画のシナリオとか、かなり引き合いが来るからね。これからはネット配信の時代にもなるだろうから、シナリオライターの活躍の場は広がる一方だよ。お父さんは日本のシニアの星になるだろう。変なウィルスが蔓延しているから、健康にはじゅうぶんに気をつけてあげなさいよ」

大林はそう言い残して、会場へ戻っていった。

実際そうだった。驚くべきことに、ゴウへのシナリオ執筆の依頼がすでに何件か舞い込んでいた。入院中のゴウの心臓によくないのでまだ話してはいないが、大林の言う通り、木戸賞出身のシナリオライターは将来の活躍が約束されているようなものだ。今後は心して父の仕事の方法を探っていかなければなるまい。

気がつけば、いま、ゴウはギャンブルにも借金にも酒にも無縁の世界にいる。ただ純粋に好きな映画の仕事だけを手がけることができるポジションに、とうとう立ったのだ。歩はその事実に気がついて、ふいに肌が粟立つのを覚えた。

手の中に握りしめていた紙片をそっと広げる。コートのポケットの中で握り続けていたので、すっかりしわくちゃになってしまったそれは、昨日、病室でゴウから渡されたスピーチ原稿のメモだった。

授賞式に出席できない父に代わって、大賞受賞者のスピーチを歩がすることになったのだが、何を話したらいいか皆目見当がつかず、父に相談しにいったところ、なんだお前は、ベテランライターのくせにいままで何を書いてきたんだ、と意地悪く言われてしまった。それがピンチヒッターを頼む態度なの？　とふてくされる歩に向かって、とにかくこれを読んでくれ、とメモを差し出した。ゴウは倒れるまえから授賞式に臨む気はなく、歩に代読してもらうつもりで、すでにスピーチ原稿を用意していたのだ。

——最初から欠席のつもりだったの？　晴れ舞台なのに……と歩が問うと、——老兵は去るべし、と言うじゃないか。老兵は戻るべし、なんて聞いたことないぞ、などと言って、しまいには歩を笑わせたのだった。

「だったらもっと早く原稿渡してくれればいいのに。直前に渡すなんて、余計に緊張しちゃうよ」

ここまできたらどうしようもないのだが、歩は「エア父」に向かって、あらためて文句を言った。

「まもなく開会となります。お席へお戻りください」

会場の出入り口でスタッフが声をかけている。いざ、と歩は行きかけて、

「ヤバい。もう一回……」

トイレへ逆戻りした。


市立病院の入院棟、無機質なリノリウムの廊下の向こう側からテラシンが歩いてくる。病室の入り口の名札を確認して、そっと引き戸を開ける。四人部屋にゴウひとりだけ、マスクをしてベッドに横たわっている。

「よお、ゴウちゃん。具合はどうだ」

ペットボトルの水を渡そうとすると、ぷいと横を向いて受け取らない。

「酒買ってきてくれって言ったじゃないか」

憮然《ぶぜん》として言う。テラシンはため息をついた。

「あのねえ、ここは病院だよ。酒なんか買ってきたら出入り禁止にされちまうよ。な、わかるだろ？」

小学生男子に諭すように言うと、

「落ち着いてられないんだよ。歩のやつ、ブルってトチったりしないかと思って。おれに似てあがり症だから」

ベッドを揺さぶるほどそわそわしている。そりゃそうだろうな、とテラシンは共感した。

「大丈夫だよ。授賞式の様子は、勇太君がスマホで実況生中継してくれるから」

と言ったとたん、テラシンの上着の内ポケットでスマートフォンがぶるぶると震え始めた。

「そらきた、噂をすれば、だ。……もしもし、おお勇太君。ああ、いまおじいちゃんの病室だ。うん、わかった。ビデオに切り替えるんだな」

テラシンはスマホの画面をタップして、ゴウのほうへ向けた。小さな画面いっぱいに勇太の顔が映し出されている。『おじいちゃん、見えますか？』とゴウに向かって画面の勇太が話しかけてきた。

『いま授賞式の真っ最中なんだけど、もうすぐおじいちゃんの名前が呼び出されます。そしたらお母さんが壇上に出ていくんで……』

「やめっ！」突然、ゴウがスマホに向かって牽制《けんせい》した。

「勇太、お前、そんなとこで実況中継したら周りに迷惑じゃないか。止めろやめろ、やめやめっ！」

「ゴウちゃん、勇太君はちゃんと事務局に事情を話して、許可をもらって中継してるんだから、いいんだよ。な？　落ち着けよ」

テラシンが説明した。が、ゴウはまったく落ち着かない。ペットボトルの水を手に取ると、やにわにマスクをしたまま飲もうとして、どばっとこぼしてしまった。テラシンが「うわっ」とひと声叫んでスマホを放り出した。

「ほんと、いつまで経ってもあがり症だなあ」

苦笑しながらタオルでゴウの胸元を拭いてやった。ゴウはマスクを外して、わざと難しい顔をこしらえている。

『あのー、おじさん。画面真っ黒なんですけど……』掛け布団の上に裏向きに投げられたスマホから勇太の声が聞こえてきた。

『ビデオだと容量大きいから中継が途切れちゃうかもしれないんで、音声に切り替えますね。いまから大賞受賞者の紹介と、お母さんのスピーチが始まります。スピーカーにして、おじいちゃんと聞いていてください』

「よし、わかった」とテラシンはスマホを取り上げ、画面をタップしてスピーカーフォンに切り替えた。たちまち拍手の音が鮮明に聞こえてきた。テラシンはスマホのスピーカー部分をゴウのほうへ向けて、音量を最大にした。

「ほらゴウちゃん、始まるぞ。歩ちゃんのスピーチだ。何を話すのかな？」

ゴウはまた、ぷいとそっぽを向いてしまった。小学生男子そのまんまである。スマホからは司会者の声が聞こえてきた。

『さて、いよいよお待ちかね、大賞受賞者のご紹介です。すでにこの春の映画界の大きな話題となっています。七十八歳の新人脚本家、円山郷直さん。受賞作は〈キネマの神様〉です』

ファンファーレと軽快な音楽が流れ、拍手喝采が沸き起こった。ゴウは思わず両手を高く挙げてガッツポーズをしたが、すぐに「イテテ……」と胸を押さえた。心臓のバイパス手術をしたばかりで、ガッツポーズには無理がある。「おいおい、気をつけろよ」とテラシンが背中をゆっくりさすった。

『なお、円山さんは体調を崩され、本日は欠席されています。代わりに、お嬢様の歩さんにおいでいただいています。円山歩さん、どうぞ』

満場の拍手。歩が壇上へと赴き、賞状と正賞が渡されている模様。「いま、副賞の賞金百万円が渡されるぞ」とテラシンが想像しながら言った。

「キャッシュか？」とゴウ。「目録だけだよ」とテラシン。「なんだ、つまんねえな」とつぶやきつつ、ゴウは嬉しそうだ。

『それでは、受賞者の円山郷直さんに代わりまして、歩さんにひと言頂戴《ちょうだい》いたします。歩さん、よろしくお願いいたします』

しんと静まり返る会場。スマホを通して、張り詰めた空気感が伝わってくる。ゴウはごくりと喉を鳴らした。

消え入るような歩の声が聞こえてきた。

『……昨夜、入院中の父に会いに行きました。授賞式で何を話したらいい？　と聞くと、これを読んでくれと、メモを渡されました。いまから、それを代読したいと思います』

おや、とテラシンはゴウの顔を見た。

「なんだ、ゴウちゃん。ちゃんと原稿用意してたのか」

ゴウは、これで三度目、ぷいと横を向いて、「もういい。消してくれ」とぶっきらぼうに言った。照れくさくて聞いていられないんだろう。「いいから、ほら」とテラシンは、ゴウのとなりに寄り添って耳元にスピーカーを近づけた。

『……母さん。淑子。……僕の淑子ちゃん』

歩が呼びかける声が聞こえてくる。会場の淑子の顔に驚きが広がるのが手に取るようにわかる。テラシンは目を閉じて、耳を澄ませた。


ありがとう。

お前のおかげだよ、何もかも。

今日までどうにか生きてこられたことも、ぜんぶ、お前が一緒にいてくれたおかげだ。お前がおれをあきらめず、辛くて長い道のりを、どこまでも一緒に歩いてきてくれたから。

ありがとう。ほんとうに、ありがとう。


そして可愛い娘の歩。

どうか許しておくれ。このどうしようもないダメな父さんを。

母さんに迷惑ばかりかけ、お前たちにいい思い出をひとつも作ってやれなかったこの父を。

おれがお前に教えてやれたことは、ただ好きな映画を観ることだけ。だけどお前はそれを、見事に自分のものにした。

こっそり白状しよう。映画ライターとして活躍してきたお前の書いたものを、父さんはひとつ残らず読んできた。だから言わせてほしい。お前は、日本一の映画ライターだ。

孫の勇太。

どうしてお前みたいに出来のいいやつが、おれの孫になってくれたんだろう。じいちゃんは不思議でならないよ。

このろくでなしのじいさんに「才能がある」と言ってくれたのはお前だった。木戸賞に応募しようと言い出したのも。お前は、最高の男だ。この受賞はお前のものでもあるんだからな。一緒に受け取ってくれよ。

おれたち家族は、壊れかけたポンコツみたいな家族だった。

だけど、おれたちにはいつも、映画があった。

それをおれに思い出させてくれた、淑子、歩、勇太。

お前たちは、最高の家族だ。おれたちは、世界一の家族だ。

最後にもう一度、この奇跡に感謝を告げよう。

いや、何度だって奇跡を起こそう。この物語を伝えるために。

ありがとう。

ほんとうに、ほんとうに、ありがとう。


最初から潤んだ声で始まって、途中は声を詰まらせ、途切れ途切れになり、ひたむきに、しまいには思い切り泣きながら、歩は最後まで読み切った。

あたたかな拍手が会場を包み込んだ。テラシンの閉じたまぶたから、幾筋もの涙が流れ落ちた。

何もかも、ぜんぶ、見える。ハンカチで目頭を押さえる淑子。着慣れないスーツの袖で涙を拭う勇太。会場に集った人々、誰もがひとり残らず、この壊れかけた小さな家族に拍手を送っている。そしてあたたかな涙を流している――。

目を開けると、いちばん盛大に泣いていたのはゴウだった。

「馬鹿野郎。歩のやつ、こんなに親を泣かせやがって……ああ、泣けるぜ、こん畜生」

ゴウは男泣きに泣いた。もちろん、テラシンも。検温のためにやって来た看護師が声をかけられずにこっそり戻っていったことにも気づかずに。

心ゆくまで、二十八歳のあの頃に戻って、ふたり揃って気持ちよく、清々として。

10

映画のエンディングは、必ずしもハッピーエンドばかりではない。

「テアトル銀幕」の入り口横に張り出した、小田安三郎監督〈東京の物語〉の復刻ポスターを眺めながら、マスクを着けたテラシンはそんなことを思っている。

たとえば、大船撮影所に勤めていたとき、何百回となく観てきた出水宏監督作品の多くは、誰が見ても納得できるハッピーエンドで締めくくられていた。一方で、小田監督作品は、その対極というか、見方によってはハッピーエンドと思えるものもあったし、どっちつかずな終わり方だなと思っていると、小田組の助監督が「あれは最高のハッピーエンドだよ」と主張していて驚いたこともある。

つまり、映画のエンディングがハッピーエンドかそうでないか、決めるのは観る人に委《ゆだ》ねられている、ということなのかもしれない。

そんなことをつらつらと考えているうちに、春がきた。

三月二十四日、新型コロナウィルスが世界的大流行《パンデミック》を引き起こしていることを理由に、東京オリンピック・パラリンピックの延期が決定された。二〇二〇年が幕を開けたとき、誰がこんな事態になると予想できただろうか。

それ以外にも、新型コロナの感染拡大が引き金となって、信じられないことが次々に起こった。天才コメディアンの志村けんがウィルスの犠牲となり逝去したことは大きな衝撃だった。多くの人々が彼の早すぎる死を惜しむのと同時に、未知のウィルスの手強さを思い知った。

欧米では医療崩壊が起こり始め、封鎖《ロックダウン》に踏み切る都市が相次いだ。人々の往来が止まり、経済の動きが堰《せ》き止められた。まもなく日本でも「緊急事態宣言」が発出されるのではないかとの憶測が飛び交い、スーパーの陳列棚からトイレットペーパーと保存食が消え、一箱千円以下だった使い捨てマスクに何倍もの高値がついて、医療品とは関係ない家電店やタピオカミルクの店先で売られるようになった。センバツ高校野球の中止、プロ野球、Jリーグの開幕延期、コンサート、演劇の開催自粛、美術館、博物館、イベント会場の閉鎖……大人数の観客を動員する施設やイベントは軒並み閉鎖、延期、キャンセルとなった。

映画館はコロナのあおりを受けた最たる場所だった。大型のシネマコンプレックスはもちろんのこと、細々と運営を続けていたミニシアターまでもが次々に無期限の休館に追い込まれていた。

こうなるまえから赤字経営だった「テアトル銀幕」は、ここで休館したら二度と再びドアを開けることはできなくなるかもしれない。テラシンは難しい決断を迫られていた。

四月になったその日、ゴウ一家が〈東京の物語〉を観るために、「テアトル銀幕」へ揃ってやって来ることになっていた。ゴウの退院と木戸賞受賞のお祝いを兼ねて、テラシンが四人を招待したのだ。

初回は十時開始だが、話があるので三十分まえに来てほしい——とテラシンは歩にメールを送った。返事はすぐにきた。ちょうどよかった、私たちからも話があるので映画が始まるまえに少しお時間くださない、と。

テラシンは一家の到着を〈東京の物語〉のポスターの前で待ち構えていた。主演は桂園子。公開当時からもう何度見たかわからないポスターだったが、何度見ても園子は惚れぼれする美しさである。森の奥深くひっそりと澄み渡る泉のような瞳。それにしても、この目に自分の姿が映っているのを一瞬でみつけるとは、ゴウのフィルムを見るまなざしはなんて鋭いんだろうと、テラシンはあらためて感心した。

円山一家が乗ったタクシーが到着した。ゴウは車椅子で、その背を勇太が押している。淑子と歩は軽やかな色のスプリングコートを着て華やいでいる。ただし、全員マスクを着けている。最近では、マスクを着用せずに街なかを歩くと白い目で見られるようになってしまっていた。

「やあ、お揃いで来ましたか」

テラシンはにこやかに四人を迎え入れた。淑子と歩と勇太は同時に頭を下げた。ゴウはどことなく照れくさそうに、お決まりのキャップのつばをちょっと持ち上げて見せた。

「今日はありがとうございます。私までお招きに与《あずか》っちゃって、いいのかしら」

淑子が声を弾ませた。「もちろんですよ」とテラシンは応えた。歩も嬉しそうに、

「小田監督の〈東京の物語〉。私の人生最良の映画なんです。家族全員で揃って観られる日が来るなんて、ああ、生きててよかった」

そう言った。

「大げさだな。家族で映画観るくらいのことで」ゴウがわざとつっけんどんに言うと、

「じゃあお父さん、また映画観に『テア銀』へ連れ出してくれる？　四人分、お父さんのおごりよ」歩が応酬《おうしゅう》した。

「おう。望むところさ」

「あ、言ったね。皆さん、いまの聞きました？　お父さんのおごりで『テア銀』！」

歩の問いかけに、ゴウ以外、全員が「聞きましたあ！」と声を揃えた。

「はいはい、わかった、わかったよ。くそっ、言質《げんち》取られたな」

ゴウがくやしそうに言うので、皆、笑った。

「おい勇太、さっさと客席に連れていってくれ。満席になるまえに席確保しなくちゃ。おれは、どうしても自分の席でこのシャシンを観たいんだ」

そう言って、ゴウは車椅子からよろよろと立ち上がった。勇太がその背中を支えながら、ふたりして会場内へと入っていった。

それを見送ってから、テラシンは、「ちょっと、事務室で話せますか」と、淑子と歩を誘った。

事務室のソファに落ち着いたところで、テラシンは切り出した。

「実はね。……ここを閉館しようと思ってるんだ」

淑子と歩は、一瞬驚いたようだったが、そのまま黙ってテラシンの話に耳を傾けた。

まもなく緊急事態宣言が出され、すべての映画館は休館を余儀なくされる。そうなってしまうと、大きな映画館はまだしも、うちみたいな小さな名画座はとてもじゃないが持ちこたえられない。家賃や人件費や修繕の際のローン返済など、放っておいても月百万単位の経費がかかってくる。自分の好きな映画をかけ続け、それを好きで観に来てくれる映画ファンがひとりでもいるなら、なんとか運営を続けたいと思って歯を食いしばってきたが、さすがにもう限界だ。

「君たち家族がようやく揃って映画を観に来てくれるようになった矢先に、こんなことを話すのは辛いよ。でも……」

そこまで話して、テラシンは口を結んでうつむいた。くやしさが胸の底からぷつぷつと気泡のように浮かび上がってくる。

自分の人生をかけたこの名画座を閉じなければならない。これが夢なら、どんなにいいだろう。

と、歩がバッグの中を探って、分厚い封筒を取り出し、テーブルの上に置いた。それをテラシンの目の前にすっと押し出すと、静かな声で告げた。

「木戸賞の賞金、百万円。お父さんから、テラシンさんへ」

――えっ。

テラシンは息をのんだ。意味がわからず、穴があくほど封筒をみつめるばかりだ。ややあって顔を上げると、目の前で淑子と歩が微笑んでいる。

「いったい、どういう……ことなんだい？」

テラシンの問いに、淑子が答えた。

「ゴウちゃん、これぜんぶ、『テアトル銀幕』の存続のために使ってほしいって。テラシンのために」

――クソ真面目で、馬鹿正直で。とことんやさしくって、泣けるほど思いやりがある、おれの人生最高の友だちテラシンと、あいつが好きな映画のために。

ゴウはそう言って、賞金の全額を歩に預けたのだった。

「ねえ、おじさん。私のアイデアも聞いてくれる？」

淑子に続いて、歩があたたかな声で言った。

「確かに、これから映画界は厳しい時代に直面すると思う。だけど、そんな時代だからこそ、映画人が映画をあきらめたらダメだと思うの。しばらくは映画を制作することも映画館に行くこともできなくなるかもしれないけど……それでも、この世界から永遠に映画がなくなるわけじゃないもの」

映画館にとって冬の時代がくる。けれど、この状況は、いつか必ず終わりを迎える。

映画を愛する人たちは、それがいつになろうと、映画館が再びドアを開ける日がくるのを待ち続けるはずだ。

この世に映画がある限り、人々は映画館へ出かけていくだろう。家族と、友人と、恋人と……ひとり涙したいときには、ひとりぼっちで。

「だから、あきらめないで。クラウドファンディングって方法だってあるし、映画人たちに声をかけて政府に働きかけるとか、やろうと思えば何だってできる。私も勇太も手伝うから。ね、おじさん。一緒にやろう」

「やりましょう、テラシンさん」

テラシンの目いっぱいに涙が溢れた。この春先から、もう何度涙したことだろう。ぜんぶ、映画だ。映画のせいだった。映画のために、こんなにも涙が溢れるのだ。

「ありがとう。淑子ちゃん、歩ちゃん。……おれは、おれは、なんて……幸せなやつなんだ」

言いながら、テラシンは涙を拭った。タイミングよく、水川が顔をのぞかせた。

「支配人。そろそろ映写スタンバイお願いします」

「おう、わかった」テラシンは振り向かずに応えた。

「じゃあ、家族みんなでゆっくり観てってください。人生最良の映画、かけるから」

淑子と歩は微笑んでうなずいた。ふたりの目も潤んできらめいていた。

テラシンは事務室を出て映写室に向かった。

今日は二段飛ばしをせず、ゆっくりと味わうように、古ぼけた階段を上がっていった。

がらんとした場内、客席のちょうど真ん中にゴウが陣取っている。

お気に入りの席。ここで映画を観るときは、この席以外に座りたくないというのがゴウのこだわりである。

ひとつ空けて、左どなりに淑子。同じくひとつ空けて、右どなりに歩。そして、一列斜め後ろの席には勇太が座っている。

四人のほかに観客はいない。しゃれたことをしやがって、とゴウは、声には出さずに映写室のテラシンに語りかける。おれにとって特別なこの映画——初めて小田組に参加してカチンコを打ったこの映画を、貸し切りで観せてやろうっていうのか。まったく、お前はどこまでいいやつなんだ。

いちばん好きなシャシンを、家族に囲まれて、友が回す映写機で、「テアトル銀幕」のスクリーンで、ここの特等席で、観ている。

おれはいま、世界じゅうでいちばん幸せ者だ——。

スクリーンに映し出されるなつかしいシーンの数々。ゴウは、まるで長い夢を見ているような気持ちで見入っていた。

どのシーンも、どのカットも、不思議なくらい鮮明に覚えている。

〈東京の物語〉は、こんなあらすじだ。

瀬戸内海に面したひなびた田舎町から、東京に住む子供たちを訪ねてやって来た年老いた両親。子供たちは最初こそ歓迎するものの、次第に持て余すようになり、両親の世話をお互いに押しつけ合い、しまいにはふたりで箱根《はこね》旅行へいってらっしゃいと、ていよく追い出してしまう。戦死した次男の嫁だけが、血が繋がっていないにもかかわらず、親身にふたりの世話をする。どうにか旅を終え、帰路についた両親だったが、帰宅直後に母親が急逝してしまう。子供たちと次男の嫁は葬儀に駆けつけたものの、誰もが忙しいからと早々に帰京する。最後に残った次男の嫁に、父親は寂しい胸のうちを明かす。彼女は帰りの汽車で、車窓に寄り添い物思いにふけりながら、ふと涙を流す。瀬戸内海沿いに走り去る汽車をとらえたロングショットがラスト・カットだ。

古くせえ、と思っていた。「小田節」と呼ばれる気難しい演出法。俳優の身のこなしひとつにも細かくケチをつけてくる。ローアングルで定位置のカメラポジション。堅苦しいセット、厳しいルール。なんだこんな映画、いつかおれが蹴散らしてやる。若き日のゴウは、そんなふうに思っていた。

だけど——。

なぜだろう。こうして観ていると、どのカットにも人間のみずみずしい生命力がみなぎっている。抑制の利いた画面とセリフで、登場人物たちの思いと葛藤、人生のやるせなさ、生きていることのどうしようもなさ、愛おしさがじわじわと伝わってくる。

この映画には、監督の映画への愛がいっぱいに詰め込まれている。人間への、人生への愛が溢れている。

ああ、そうか。おれは、こんな世界に生きていたんだ。

こんな世界に生きて、笑って、泣いて、挫折して、そして――。

愛していたんだ。映画を。

スクリーンの中から、小学生の唱歌が聞こえてくる。遠くはるかな歌声だ。

瀬戸内海沿いの線路を、黒い煙を噴き上げながら、蒸気機関車が走っていく。

窓辺に頬を寄せて物思いにふける主人公、次男の嫁――桂園子である。

全編を通して、園子の演技は演技であることを忘れさせるほど自然で、役柄に命を通わせていた。撮影のあいだ、ゴウはカチンコを打つのを忘れそうになるほど彼女の演技に引き込まれたのを覚えている。

そんな園子は、もういない。

フィルムに永遠に焼きつけられた園子の姿。信じられなかった。もうこの世にいないだなんて――。

スクリーンの中でうつむいていた園子が、ふと顔を上げた。澄み渡った泉のような瞳がカメラを——こちらを見ている。ゴウは目を凝《こ》らして園子をみつめ返した。待てよ。——こんな場面、あったっけ？

『あら、ゴウちゃん』

スクリーンの中の園子の唇が動いた。ゴウは目を見開いた。

『まあ、年とったわね』

園子は車内の座席を立って、ヴェールのような霞《かすみ》の中から現れる女神さながら、ひょい、とスクリーンから抜け出してきた。そして、ゴウの真横の席にすとんと座った。

ゴウは口をあんぐり開けて、驚きのあまり声も出せない。園子は咲き誇るばらのような微笑みをゴウに投げかけた。

「ね、いまでも一緒なの？　淑子ちゃんと」

ゴウはどうにかうなずいた。まだ声が出せない。

「お子さんは？」

「あ、ああ……娘がひとり、孫もいるよ。もういい青年だ」

ようやく言葉にできた。園子はいっそうまぶしく微笑んだ。

「じゃあ、いま、幸せなのね。あなたもご家族も」

「そうだな。……おれは幸せだよ。だけど、淑子はどうかな。おれ、さんざん苦労かけたから……」

園子はふふっと笑い声を立てた。

「大丈夫よ。あなたが幸せなら、淑子ちゃんも幸せだから」

ゴウは胸の中がじわっと熱くなるのを感じた。園子はしばらくゴウをみつめていたが、すっと立ち上がった。

「さあ、そろそろ汽車に戻らなくっちゃ、仕事仕事。小田先生は厳しいからね」

客席のあいだの通路を足早に行きかけて、ふと立ち止まり、振り向いた。きらめく瞳でゴウをみつめると、大切な約束を思い出したかのように、呼びかけた。

「ゴウちゃん。行こう」

そして、ゴウに向かって白百合のつぼみのような手を差し伸べた。ゴウは戸惑った。

「行くって、どこに？」

園子はおかしそうに笑った。

「撮影によ。忘れたの？　君は小田組の応援、頼まれてるんでしょ？　みんな、現場で待ってるわよ。さあ」

ゴウはよろめきながら立ち上がった。震える手を差し出して、園子の手をそっと握る。

スクリーンに向かって、ふたりは通路をまっすぐに歩んでいった。

いつしか、ゴウの姿は五十年まえの助監督時代に戻っていた。お決まりのハンチング、一《いっ》張羅《ちょうら》のジャンパー。耳に挟んだ赤鉛筆、右手には擦り切れたカチンコ。

真っ白なスクリーンの輝きの中へと、ゴウは帰っていった。

幸せな、世界でいちばん幸せなエンディングだった。

あとがき「驚き」

原田《はらだ》マハさんの小説『キネマの神様』をシナリオに脚色するにあたって、登場人物の魅力的なキャラクターを生かしたのは当然だったが、ストーリーについてはかなりの変更をせざるを得なかった。小説通りに映画化するのが難しいケースはよくあるのだが、しかしぼくが行ったのは相当大幅な変更だったので、これを原田さんが了解して下さるかどうかを心配しながら、ともあれ脚本の初稿をパリに暮らす原田さんに送った。

若《も》しダメという返事がきたらどうしようと不安を抱きながら待ち続けていたプロデューサーに来た返事は

「大きな変更です、しかし見事な変更です」

という言葉に代表されるお褒めの言葉だった。ぼくをはじめスタッフ一同がどんなに嬉しかったか分からない。原田さん有り難う、とあらためて言いたい。

「なによりも素晴らしいのは、本作を監督自身のものになさっていることです」

とも書かれていた。そこには創造に苦しみ悩む人間にだけ理解しあえるあたたかい思いやりの気持ちがにじんでいて、ぼくは嬉しさのあまり撮影台本の最後のページにその原田さんの手紙の文面を印刷してスタッフや出演者に読んで貰うようにしたくらいだ。

二月に撮影が始まったが、コロナ騒ぎですっかり長引いてしまって年末にようやく終わる頃、原田さんがパリから戻ってこられた。原作者に効果音や音楽の入っていない粗編集の映像を見せるのは監督にとっては気が進まないものだが、プロデューサーが是非というので仕方なく試写室でラッシュを見て貰った。原田さんがどんな感想を抱かれただろうかと、判決を聞く被告のような気分でオドオドしていたものだ。

それからしばらくして、原田さんがこの映画のノベライズを、自分の手でしてくださるという話をプロデューサーから聞いてびっくりした。ぼく自身の作品を誰かに委嘱してノベライズするというのは今まで何度も経験しているが、なんと原作者が、原作を大きくはみ出して作られた映画を元にして新たに小説を書くなんて聞いたことがない、というより映画の世界でこんなことははじめてではないだろうか。原田さんは何という大胆なことをなさるのかと僕は呆れ、うろたえながら、どうぞお願いしますというような返事をしたものだ。

執筆で忙しい原田さんだが、仕事は思いもかけぬ早さだった。出版社から届けられたゲラを読んだぼくは、その面白さにひきずられて一晩で読んでしまった。確かに物語は僕のオリジナルにほぼそって展開していくのだが、そのディテールにおいて、心理描写の繊細さにおいて格段の違いがある。なるほどこうすればいいのか、と思わずうなってしまうような箇所が随所にある。若い菅田《すだ》将暉《まさき》と永野《ながの》芽郁《めい》のラブシーンもあるのだが、小説で読むと気持ちのゆらぎが巧みに描かれ、さすがは小説家だなと感心しながらもう一度そのシーンを撮り直したくなったりする。いっそこのノベライズを元にしてもう一度ぼくが映画を作り、それをまたまた原田さんがノベライズする、などという冗談めいたことをひとしきり想像したりして楽しんだものだ。

ともあれ、素敵な原作を映画化させて貰った上にこんな楽しい経験をさせて頂いた原田マハさんに心から感謝したい。

山田洋次

映画『キネマの神様』

監督　山田洋次

脚本　山田洋次・朝原雄三

原作　原田マハ『キネマの神様』（文春文庫）

『キネマの神様　ディレクターズ・カット』

取材協力　「山田組」

プロデューサー　房 俊介・阿部雅人

演出部　濵田雄一郎・阿部 勉

美術部　出川三男・西村貴志

装飾部　露木幸次

宣伝部　大西 洋

製作部　斉藤朋彦

協力　伊熊泰子（「芸術新潮」編集部）

著者　原田マハ

for　原田剛直　榮子

本書は、原田マハ『キネマの神様』(文春文庫)の映画化脚本を基にした書き下ろし作品です。

原田マハ　はらだ・まは

1962年東京都生まれ。関西学院大学文学部、早稲田大学第二文学部卒業。美術館勤務などを経て独立、フリーのキュレーター、カルチャーライターとして活躍する。2005年『カフーを待ちわびて』で日本ラブストーリー大賞を受賞し、翌年作家デビュー。12年『楽園のカンヴァス』で山本周五郎賞、17年『リーチ先生』で新田次郎文学賞を受賞。著書に『暗幕のゲルニカ』

『サロメ』『たゆたえども沈まず』『美しき愚かものたちのタブロー』『風神雷神 Juppiter, Aeolus』『〈あの絵〉のまえで』『ハグとナガラ』など。

キネマの神様　ディレクターズ・カット

二〇二一年三月二十五日　第一刷発行

著　者　原田マハ
発行者　大川繁樹
発行所　株式会社　文藝春秋
〒一〇二－八〇〇八
東京都千代田区紀尾井町三－二十三
電話　〇三－三二六五－一二一一（代）

印　刷　図書印刷
製　本　図書印刷

定価はカバーに表示してあります。万一、落丁乱丁の場合はお取替えいたします。小社製作部あてお送り下さい。

ISBN978-4-16-391346-9

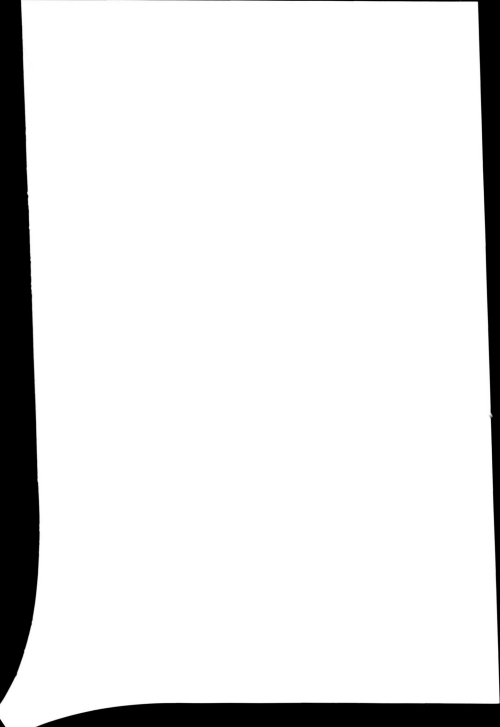